LA CITÉ D'IVOIRE

DU MÊME AUTEUR
CHEZ LE MÊME ÉDITEUR

Nº 1 : LA HACHE DE BRONZE
Nº 2 : LE GUERRIER DE JADE
Nº 3 : LES AMAZONES DE THARN
Nº 4 : LES ESCLAVES DE SARMA
Nº 5 : LE LIBÉRATEUR DE JEDD
Nº 6 : LE MAUSOLÉE MALÉFIQUE
Nº 7 : LA PERLE DE PATMOS
Nº 8 : LES SAVANTS DE SELENA
Nº 9 : LA PRÊTRESSE DES SERPENTS
Nº 10 : LE MAÎTRE DES GLACES
Nº 11 : LA PRINCESSE DE ZUNGA
Nº 12 : LE DESTRIER DORÉ
Nº 13 : LES TEMPLES D'AYOCAN
Nº 14 : LES RÊVEURS DE XURA
Nº 15 : LA TOUR DES DEUX SAGESSES
Nº 16 : LES MERS DE CRISTAL
Nº 17 : LES CHASSERESSES DE BREGA
Nº 18 : L'ÉCHIQUIER VIVANT DU HONGSHU
Nº 19 : LES RAVAGEURS DE THARN
Nº 20 : LES BARBARES DE SCADOR
Nº 21 : LES CONSACRÉS DE KANO
Nº 22 : L'EAU DORMEUSE DE DRAAD
Nº 23 : LES CINQ ROYAUMES DE SARAM
Nº 24 : LES DRAGONS D'ANGLOR
Nº 25 : LA TRIBU ROUGE DES KARGOIS
Nº 26 : LES ANDROÏDES DE MAK'LOH
Nº 27 : LA COURTISANE DE DAHAURA
Nº 28 : LE MAGICIEN DE RENTORO
Nº 29 : LE TYRAN DE TARGA
Nº 30 : LE MALÉFICE DE NGAA
Nº 31 : LES GLADIATEURS DE HAPANU
Nº 32 : LES RÉVOLTÉS DE MYTHOR
Nº 33 : LA FORÊT CARNIVORE DE JAGHD
Nº 34 : LES DESCENDANTS DES MAÎTRES DU CIEL
Nº 35 : LES SEPT DUCHÉS DU FLEUVE CRAMOISI
Nº 36 : LA VENGEANCE DU MAÎTRE DU CIEL
Nº 37 : LA CAVERNE DE L'IDOLE
Nº 38 : LES AÉRIENS DE K'TAR
Nº 39 : LES DIEUX DE LA MORT LENTE
Nº 40 : LES MANGEURS D'HOMMES D'ILETROIS
Nº 41 : LES CHEVALIERS-DRAGONS DE KHARM

Nº 42 : LES ADORATEURS DE DSCHUBBA
Nº 43 : L'EMPEREUR DE WORAD
Nº 44 : LES HORDES DU GRAND OCÉAN
Nº 45 : LES LÉGIONS DE KORUM
Nº 46 : L'ÉMERAUDE DE JOKKUN
Nº 47 : LES DEUX REINES DE DRAKO
Nº 48 : LES ZOMBIES DE VIKKA
Nº 49 : L'AMBASSADRICE DES KHUNS
Nº 50 : LE PROPHÈTE FOU DE DRYDEN
Nº 51 : LE FIEF DE CIPANG'HO
Nº 52 : LES PRÊTRES-ROIS DE TARKOS
Nº 53 : LES BERSERKERS DU PAYS-ROUGE
Nº 54 : LES HORDES DE PIERRE
Nº 55 : L'ENVOYÉ DE MICTAN
Nº 56 : LE COMBAT
Nº 57 : LE COMPLOT DES SIN'KAS
Nº 58 : LES SÉQUESTRÉS DE RHIVA
Nº 59 : LE TRAÎTRE DU JEHOL
Nº 60 : LES CYCLOPES DU DIEU SERPENT
Nº 61 : LE GRAND MAÎTRE DE VIE
Nº 62 : LA DIMENSION APOCALYPSE
Nº 63 : LA CITÉ DES FEMMES-CLONE
Nº 64 : LA REINE DES OMBRES
Nº 65 : LE CENTAURE D'ABYSSIA
Nº 66 : L'ARBRE SACRÉ DE SERENDAH
Nº 67 : LE SAGE DE GERONYA
Nº 68 : LE ROYAUME DE FÉLICITÉ
Nº 69 : LE TEMPS DU RÊVE
Nº 70 : LA RÉSURRECTION DE KAAH
Nº 71 : LE SOMMEIL D'AMNESIAH
Nº 72 : L'ENFER D'APOKALYS
Nº 73 : L'OISEAU DE PAIX

JEFFREY LORD

BLADE

LA CITÉ D'IVOIRE

adapté de l'américain
PAR OLIVIER RAYNAUD

VAUGIRARD

Illustration de la couverture : Loris

Édition originale :
ISBN : 2-285-00358-7
ISSN : 0395-7780

CHAPITRE PREMIER

Richard Blade avait d'autres passions dans la vie que les femmes et les grosses voitures, ce qui le faisait heureusement passer du camp des machos à celui des êtres humains.

Certaines de ses faiblesses cultivées avec le plus grand soin attendaient patiemment leur heure dans des bouteilles portant des noms magiques aux oreilles de ceux qui avaient un jour visité les distilleries insulaires éparpillées autour de l'Ecosse. Il y a quelques années, un de ses amis lui avait dit en souriant qu'il devait sans doute faire partie de ces stratèges méconnus persuadés que les intégristes musulmans auraient transféré depuis longtemps la Kaaba sur l'île de Skye s'ils avaient su ce que pouvait être un véritable bon whisky...

Une autre de ses faiblesses s'abritait des effets pervers de la lumière de jour le long des rayons de chêne de sa bibliothèque. Souvent, il s'était demandé si les beaux yeux d'une superbe créature croisée au cœur de la Dimension X avaient autant de pouvoirs hypnotiques qu'un tirage limité de William Hope Hodgson pour la Bibliothèque du Congrès aux USA. Poussée dans ses derniers retranchements, la notion de rareté pouvait en effet conduire à de bien intéressants paradoxes...

Encore que les expéditions dans les dangereux univers parallèles orchestrés par ce *tour operator* de l'impossible qu'était Lord Leighton avaient, entre autres, pour agréable conséquence de lui donner les moyens de s'offrir des pièces aussi uniques que chacune des Dimensions qu'il abordait, en général au péril de sa vie. Témoin l'exemplaire de l'édition originale de *The Beetle* de Richard Marsh dédicacé à Bram Stoker qu'il était en train de feuilleter lorsque le téléphone sonna.

Blade jeta un coup d'œil a sa Rolex et eut un petit sourire. Inutile de se demander qui appelait. Ce bon vieux J avait tellement l'habitude de le convoquer à n'importe quelle heure du jour et de la nuit qu'il avait sans doute oublié que, pour cette fois, la date exacte de la prochaine mission avait été établie d'avance...

— Allô?

C'était bien le chef anonyme des services secrets de sa Gracieuse Majesté.

— Bonjour, mon cher Richard, j'espère que vous n'avez pas oublié notre rendez-vous ?

Blade reposa le volume relié, vieux de presque un siècle, et trempa ses lèvres dans un whisky pratiquement aussi âgé avant de répondre.

— Autant oublier une audience à Buckingham Palace... Non, rassurez-vous, je m'apprêtais à partir.

— Bien...

Blade sentit alors une certaine tension dans la voix de son chef hiérarchique.

— Quelque chose ne va pas?

— Non, non, répondit un peu précipitamment J. Enfin, je voulais juste vous avertir que nous avions un petit problème avec l'Investigator. Rien de bien grave, mais il se pourrait que vous soyez obligé pour cette fois de partir comme au bon vieux temps...

— Dans le noir, quoi...

— On ne peut mieux résumer la situation. Je voulais seulement vous prévenir.

Blade but une petite gorgée de whisky.

— Et qu'en pense notre ami Lord Leighton?

— Je vous laisse imaginer l'état de fureur

dans lequel il se trouve depuis quelques heures. Il a essayé de convaincre le Premier ministre d'ajourner cette expédition mais s'est entendu répondre que l'argent des contribuables passait avant de vulgaires questions de circuits électroniques. Donc, j'ai bien peur que votre convocation tienne toujours.

— Ce sont les aléas du métier, soupira Blade. Le principal, c'est que le tas de ferraille de notre génie national ait le bon goût de me ramener en temps voulu...

***

La Rover tourna non loin du Tower Bridge et se dirigea vers la Tour de Londres pour stopper sur une place de parking réservé. Blade descendit de la voiture et eut un petit frisson lorsque l'air glacé le saisit en dépit de l'épaisseur de son manteau. Il enclencha les alarmes antivol de la grosse berline et se dirigea d'un pas rapide vers une porte discrètement gardée par les éternelles sentinelles en civil de la Special Branch. Les deux hommes reconnurent le nouvel arrivant et le saluèrent d'un mouvement de la tête. Ce qui n'empêcha pas pour autant Blade de sortir son laissez-passer et de le leur tendre, comme le système de sécurité l'exigeait.

Une fois la porte franchie, Blade traversa les murailles séculaires pour atteindre l'ascenseur ultra-moderne qui l'emporta dans un souffle sous les fondations de l'ancienne prison de sinistre mémoire, là où se déployaient les prodiges technologiques du Projet DX.

Le projet DX... A coup sûr, l'opération la plus ruineuse à laquelle avait dû faire face le Trésor britannique depuis sa création. Avec un peu de persévérance, elle finirait par lui coûter aussi cher que la Deuxième Guerre mondiale et, depuis des années, elle donnait régulièrement des sueurs froides au ministre du Budget. Mais le jeu en valait la chandelle : un jour, peut-être, l'Angleterre pourrait, grâce au génie d'un homme solitaire, se construire un empire étendu sur l'infini des univers parallèles, ces fameuses Dimensions X que, pour l'instant, Blade était le seul à pouvoir explorer. Personne n'avait encore compris ce qui le différenciait des autres hommes qui avaient tenté vainement la translation interdimensionnelle avant lui. Dans le meilleur des cas, les premiers explorateurs étaient revenus frappés de démence profonde et tant que ce mystère ne serait pas éclairci, le Projet DX continuerait à reposer sur les larges épaules de l'ancien agent du Secret Service.

Un poids qui ne faisait pas peur à Richard Blade tant son goût pour l'aventure était profondément ancré en lui. Avec ou sans l'aide de l'Investigator, il était toujours prêt à affronter une forme d'existence qui n'avait pas sa pareille sur Terre.

L'ascenseur s'ouvrit et Blade découvrit la silhouette très gentleman-farmer de J.

— Bonjour, Richard.

Blade le salua avec un petit sourire. Au loin, un chapelet de jurons bien sentis déchira le bourdonnement sourd qui imprégnait l'air filtré du complexe souterrain.

— Je vois que le dépannage de l'Investigator n'a guère avancé depuis votre coup de fil...

— Un dépannage qui est en train de se métamorphoser en carnage électronique, si vous voulez mon avis, répondit le vieux chef du MI6 en passant une main dans ses cheveux gris. Après vous, mon cher.

Les deux hommes empruntèrent un couloir au sol synthétique et entrèrent bientôt dans le cœur du laboratoire souterrain, une salle de grande taille aux murs couverts de consoles d'ordinateurs sur lesquelles clignotaient une galaxie de voyants multicolores. La lumière artificielle omniprésente gommait quasiment toute trace d'ombre et conférait au lieu l'aspect glacé d'un bloc opératoire géant.

Non loin de la cabine de translation, dont la première version aurait pu figurer parmi les instruments de torture exposés chez Madame Tussaud, un homme recroquevillé dans un fauteuil roulant ultra-moderne s'acharnait sur un déballage de fils et de microprocesseurs en maudissant la plupart des fournisseurs spécialisés installés entre Tokyo et le pub d'à côté.

— Enfin, vous voilà ! jeta Lord Leighton en faisant virer son fauteuil à l'approche de Blade.

— Je n'ai pas l'impression d'être si en retard que ça, fit celui-ci en montrant les organes mis à nu de l'Investigator. Vous voulez que je vous appelle une dépanneuse ?

Les yeux du génie terrassé par une vieille polio déformante furent traversés par une lueur de meurtre. On aurait dit un mélange de Stephen Hawking et d'un savant fou tiré d'un film de la Hammer.

— Toujours à faire de l'humour mal placé, hein ? Si J n'avait pas la faiblesse de vous passer tous vos caprices, il y a longtemps que vous seriez retourné jouer à vos petits jeux d'espion, faites-moi confiance !

— Et vous, vous continueriez à faire sortir des légumes humains de votre cage de torture, répliqua Blade d'un ton amusé. J'ai bien l'impression que nous soyons liés pour le meilleur et pour le pire, professeur... Alors, quelles sont les nouvelles du front?

Le savant se crispa une seconde puis se laissa aller contre le dossier de son fauteuil.

— L'Investigator est hors circuit, dit-il d'une voix où le désespoir avait soudain pris la place de la colère. Cela fait des heures que j'essaie en vain de retrouver la panne. Je n'y comprends plus rien. Et comme celui qui tient les cordons de la bourse ne veut rien entendre au nom de je ne sais quel planning de dépenses, il va falloir quand même que vous partiez!

Blade et J se lancèrent un regard entendu.

— D'accord, professeur, je vais dans la cabine d'essayage, dit Blade. Après tout, je me suis bien passé de la sonde pendant des années...

Blade ressortit de la cabine, le corps enduit de la pommade anti-inductions électriques, une serviette passée autour de sa taille. L'odeur qui l'accompagnait aurait fait fuir une horde de vautours. Il alla s'asseoir sur le siège de la cabine de translation et Lord Leighton vint fixer en bougonnant les électrodes sur son corps d'athlète avant de se propulser vers la console de départ.

La grille de protection s'abaissa autour de

Blade, premier pas du processus qui allait rapidement le couper du monde terrestre. Il vit l'air inquiet de J et lui fit un clin d'œil pour le rassurer.

— A bientôt, Richard, lança le vieillard. Et prenez bien soin de vous!

Blade acquiesça d'un mouvement de la tête et se raidit en attendant l'instant fatidique.

Lord Leighton se pencha en avant sur son fauteuil et commença à pianoter fébrilement sur les touches de la console. Le bourdonnement sourd du laboratoire parut hésiter puis prit petit à petit de l'ampleur.

Il devint rapidement insoutenable et des vibrations s'emparèrent de chaque cellule de Blade. Sa vue se brouilla subitement, redevint normale pour se brouiller à nouveau. Tout ce qui l'entourait se mit à fluctuer comme s'il voyait maintenant au travers d'un aquarium.

Une douleur insoutenable s'insinua en lui et marqua son système nerveux au fer rouge. Il ouvrit la bouche pour lancer un cri d'horreur muet et sentit son corps se disloquer sous l'effet des forces convoquées par l'ordinateur central.

L'univers clos et déformé du laboratoire disparut tout à coup autour de lui et son esprit fut emporté dans le néant.

CHAPITRE II

Le retour progressif à la conscience fut accompagné de la terrible sensation d'avoir perdu son être physique et de dériver dans un vide noir. Puis l'esprit de Blade sentit les atomes de son corps se rapprocher les uns des autres, comme s'ils avaient été éparpillés aux quatre coins de l'Univers. Le mouvement s'accéléra rapidement et avec lui revint la douleur, moins forte mais encore pénible à supporter.

Blade resta ainsi dans un état intermédiaire pendant ce qui lui parut être une éternité avant que naisse en lui l'impression de plonger vers un but inconnu.

Une impression qui cessa d'un coup lorsqu'il se rematérialisa brusquement dans l'air. Il eut juste le temps d'apercevoir un soleil bleuté aveuglant et son corps toucha une surface liquide.

Blade stoppa rapidement sa plongée et, d'un bon coup de reins, remonta vers la lumière. Il émergea à la surface d'une mer à peine ridée par une légère brise.

Après s'être frotté les yeux pour s'habituer à la luminosité agressive du soleil local, il fit un rapide tour d'horizon en priant pour que l'ordinateur de Lord Leighton ne l'ait pas expédié dans un désert aquatique où il ne tarderait pas à mourir d'épuisement et des effets pervers de la réverbération.

L'espace d'un bref instant, il crut bien que c'était le cas. Puis son regard acéré repéra un point sombre qui se détachait vaguement de l'horizon bleu électrique. Au fil d'un temps qui lui parut très long, le point grossit pour se matérialiser en un petit bateau à la coque claire surmontée par deux mâts portant deux voiles triangulaires rouges à peine gonflées.

Blade attendit encore un peu en luttant contre les premiers signes de fatigue. Depuis sa rematérialisation, le soleil s'était déplacé de quelques degrés vers le zénith et la réverbération devenait de plus en plus difficile à supporter. Lorsqu'il pensa que les autres avaient des chances de l'apercevoir, il se mit à crier et à faire de grands signes de la main.

Pendant un moment, le voilier poursuivit sa course lente, visiblement pas du tout conscient de l'existence du naufragé. Blade commençait presque à désespérer et jetait ses dernières forces dans la bataille pour signaler sa présence lorsqu'il perçut enfin une agitation sur le navire. Les voiles furent affalées et le bateau courut encore un peu sur son erre avant d'opérer un lent virage dans sa direction. Une brève rangée de rames d'appoint avait surgi de chaque flanc du voilier et Blade les vit se lever et s'abaisser à peu près en cadence alors que la proue s'avança vers lui.

Un bon quart d'heure plus tard, le bateau de taille modeste stoppa non loin de lui. Deux marins sautèrent à l'eau avec une corde et Blade se retrouva bientôt hissé le long de la coque gris clair par une équipe de solides gaillards au crâne rasé.

***

La cabine n'avait aucune ouverture sur l'extérieur et était éclairée par une grosse lampe à huile qui pendait au bout d'un support fixé au plafond par une chaîne. Sa lumière jaunâtre oscillait au gré de la houle.

— Par Khrest, tu as eu de la chance que Sabor t'ait aperçu ! D'habitude il est si imbibé à cette heure-là qu'il serait incapable de voir une île si on fonçait dessus.

Blade hocha la tête et avala une autre gorgée de l'espèce de bière noire que le capitaine du bateau lui avait servie pour lui redonner des forces. Comme toujours, la faculté, aussi mystérieuse que pratique, que lui conféraient les appareils de Lord Leighton lui avait instantanément permis de comprendre et parler la langue de ses interlocuteurs. Il ne lui restait plus maintenant qu'à trouver une explication à peu près plausible de sa présence au beau milieu de l'océan...

Dès qu'il avait posé le pied sur le pont, un marin lui avait tendu un petit baquet d'eau claire pour qu'il puisse enlever la plus grande partie du sel qui lui collait à la peau. Entouré par un cercle de regards interrogateurs, Blade s'était exécuté puis avait passé les vêtements qu'on lui avait tendu : une tunique courte gris-vert, un pantalon blanc, un ceinturon de toile épaisse et une paire de sandales dont les semelles de cuir portaient des sortes de crampons antidérapants.

Thass, le capitaine, avait alors fait son apparition sur le pont, comme s'il avait voulu attendre que son hôte inopiné soit présentable pour venir l'accueillir.

Le capitaine de *La Perle des Mers* était un géant de deux mètres de haut à la musculature impressionnante et au visage vaguement mongoloïde. Une moustache tombante et un teint cuivré achevaient de lui donner un petit air de Gengis Khan marin. Comme tous ses hommes, il avait le crâne rasé et luisant et l'air passablement féroce. Impression d'ailleurs renforcée par les armes passées à sa ceinture et qui, bizarrement, n'avaient pas l'air d'être en métal. A tel point que, pendant un moment, Blade crut bel et bien être tombé aux mains d'une bande d'écumeurs des mers. Mais, à son grand soulagement, Thass l'avait vite détrompé sur ce point.

— Alors, ça va mieux? demanda le capitaine en se servant lui-même un gobelet de bière.

— Je ne sais quel dieu remercier pour t'avoir fait passer par là mais quel qu'il soit, il a droit à ma gratitude éternelle.

Thass fronça légèrement les sourcils.

— A défaut d'autre chose, tu pourrais au moins remercier tes dieux à toi, non? Au fait, d'où viens-tu. Tu ressembles à un Sekkurien mais je suis pourtant sûr que tu ne viens pas de là-bas.

Compte tenu de son manque d'informations sur cet univers, Blade décida de parer au plus pressé en ressortant une recette qui avait fait ses preuves:

— Je viens d'Angleterre, répondit-il sur le ton de l'évidence.

Thass reposa son gobelet.

— De l'Angleterre? Bon sang, j'ai bourlingué sur bien des mers de ce fichu monde mais je n'ai jamais entendu parler de ton Angleterre...

— C'est normal car nous n'avons aucun accès à la mer.

Thass se gratta le nez et ce simple mouvement fit onduler les muscles de son avant-bras gros comme une amarre de galère.

— Tu veux dire que ton pays se trouve dans le Pays du Nord?

Blade hocha la tête et décida de jouer un coup de poker en se basant sur le nom du continent en question.

— D'ailleurs, j'apprécie plus le climat de cette région... L'eau des lacs de mon pays est si glaciale que je n'aurais pas pu y survivre plus d'un instant. Sans parler du danger des monstres qui habitent certains d'entre eux dans la province d'Ecosse.

Un sourire de carnassier dévoila les dents régulières de Thass.

— Ça, tu l'as dit! Je me demande comment on ferait pour aller chercher l'ivoire si on risquait de se transformer en glaçon toutes les cinq minutes. Du côté des monstres, par contre, nous aussi, on est gâtés, rassure-toi...

L'ivoire? Blade faillit poser une question

au capitaine mais quelque chose tapi au coin de son esprit lui souffla qu'il serait plus sage de s'abstenir.

— Tout à fait d'accord avec toi. Mon statut de naufragé me donne-t-il droit à un autre verre de bière ?

Thass partit d'un gros rire et remplit à ras bord le gobelet de son invité.

— Bien sûr, l'ami ! Nous, les marins, nous sommes tous frères dans l'adversité. Sais-tu qu'il m'est même arrivé de sauver la vie d'un de ces chiens puants de Brythiens dont le bateau avait abordé un récif de corail carnivore ?

Blade acquiesça tout en notant mentalement de se renseigner au plus vite sur ces fameux Brythiens. Quand on arrivait dans un univers inconnu, il valait mieux savoir tout de suite qui était contre qui.

— Alors, permets-moi de lever mon verre à la fraternité des marins car, sans elle, le naufrage de mon bateau n'aurait fait aucun survivant.

— Je me demande d'ailleurs comment il a fait pour couler, répliqua Thass. Ça fait des semaines qu'il n'y a pas eu une tempête.

— C'était une vieille barcasse vermoulue, soupira Blade. Je ne m'en suis aperçu qu'après notre départ. A un moment donné, la nuit dernière, nous avons heurté quelque chose et elle a coulé en un clin d'œil. Quelques marins et passagers ont pu se jeter à l'eau à temps mais visiblement j'ai été le dernier à survivre à la fatigue et au soleil...

— Hum... grommela Thass. Enfin, Khrest devait avoir un faible pour toi... Au fait, j'espère que tu n'es pas pressé car nous n'avons pas encore fait le plein d'ivoire. Si tout se passe bien, nous devrions être de retour à Jondra dans une dizaine de jours.

Blade haussa les épaules.

— Au point où j'en suis, cela m'est parfaitement égal. J'ai tout perdu dans ce naufrage et je n'ai plus qu'à m'en remettre aux mains de la Providence. Donc, si je peux t'être d'une quelconque utilité, je suis à ta disposition.

Le capitaine le fixa droit dans les yeux.

— Tu as l'air plutôt bien bâti, l'ami. Au fait, sais-tu te servir d'une arme? Et as-tu déjà plongé sous l'eau?

Les yeux de Blade s'étrécirent.

— Les deux ne me posent aucun problème. Je t'ai dit que nous avions pas mal de lacs chez nous...

— Alors, c'est parfait, dit Thass en se levant. Tu viendras chercher l'ivoire avec nous et si tu en ramasses assez, tu auras droit à une part à notre arrivée à Jondra.

— Affaire conclue, dit Blade en lui tendant la main.

*
**

La Perle des Mers, Blade l'apprit par la suite, faisait partie des innombrables navires qui ravitaillaient les pays riverains de l'océan en ivoire. Car, sur ce monde, le métal n'existait pratiquement pas et était réservé uniquement à la confection de bijoux de grand prix. Les hasards de la géologie avaient fait que les filons étaient inaccessibles à la technologie primitive des habitants de cette DX. Mais ceux-ci avaient trouvé un produit de substitution avec ce qu'ils appelaient l'ivoire et qui se trouvait en grande quantité sur toute la surface de la planète dans d'immenses cimetières d'animaux géants morts des millions d'années plus tôt dans des conditions mystérieuses, en tout cas pour les savants indigènes.

L'ivoire tiré des dents gigantesques de ces monstres des temps passés servait à la confection de tout ce qui avait besoin d'être dur, des clous aux lames des armes. Sur le voilier même, Blade put voir les multiples exploitations qui en étaient faites et il se rendit rapidement compte que cette matière était beaucoup plus résistante que son équivalent sur Terre. En fait, son seul handicap, par rapport au métal, résidait dans l'impossibilité de la fondre pour la travailler, ce qui limitait considérablement son utilisation. Cela dit, compte tenu que cet univers n'utilisait guère plus d'ivoire que le Moyen Age terrestre de métal, cette différence majeure ne finirait par poser des problèmes que bien plus tard dans le futur, là où l'absence quasi totale de métal empêcherait la civilisation locale de sauter le pas industriel. De toute évidence, Basran — c'était le nom donné à la planète — resterait à jamais un monde sous-développé.

Depuis longtemps, les Basranniens de toute race avaient écumé les principaux cimetières éparpillés au travers des trois continents de la planète. Des guerres avaient même éclaté par endroits pour la possession des ultimes gisements et ce, jusqu'au moment où on s'était aperçu que le fond des océans recelait des quantités encore plus fabuleuses de dents et défenses géantes laissées par d'autres monstres, marins cette fois. Ce qui expliquait l'essort soudain des royaumes maritimes et l'extraordinaire développement de certains grands ports comme Jondra. Celui-ci avait été surnommé la Cité d'Ivoire depuis que son précédent souverain avait fait recouvrir les murailles de sa forteresse centrale d'une couche de fanons appartenant à une variété locale de cétacés auprès de laquelle un rorqual bleu ressemblait à de la friture.

Blade glana tous ces renseignements dans les conversations des marins au cours des deux jours qui s'ensuivirent. Et puis, alors que l'aube du troisième jour ouvrait le chemin des cieux à l'implacable soleil gris-bleu, la vigie annonça qu'ils étaient arrivés à pied d'œuvre.

CHAPITRE III

— Comment sais-tu que l'ivoire se trouve là ? demanda Blade au capitaine de *La Perle des Mers*.

— Nous avons des instruments pour nous repérer, répondit Thass en lui montrant un bol d'huile au milieu duquel flottait une boussole primitive. Le minuscule fragment de métal sensible aux forces vitales du monde qui est là-dedans m'a coûté le quart d'une cargaison mais je l'ai largement rentabilisé. Avec lui et ma connaissance des mouvements des étoiles, je peux retrouver le gisement que j'exploite depuis des mois.

— D'autres que toi connaissent-ils son emplacement ?

Thass eut un sourire carnassier et tapota du plat de la main la garde de son sabre en ivoire.

— J'ai de quoi les faire partir si je leur

tombe dessus... C'est pour ça que je t'ai demandé si tu savais manier une arme, l'ami. Mais peu de pêcheurs d'ivoire se hasardent si loin au large. Ils préfèrent rester plus près des côtes, là où les cimetières sont plus faciles d'accès. Ils ne savent pas que les fonds ne sont guère importants par ici. Et moi, je ramène souvent de plus belles pièces...

Blade jeta un regard au portique qui s'élevait au milieu du pont et qui soutenait un solide jeu de poulies de bois. Le filin qui en descendait partait dans un trou carré de trois mètres de côté conduisant jusqu'à l'eau par une ouverture découpée directement dans la coque du voilier. Une sorte de puits de plongée primitif permettant un accès plus aisé à la mer pour l'espèce de cloche à plongeur en bois renforcée de barres d'ivoire et imperméabilisée grâce à de la toile imbibée de poix qui permettait de descendre à des profondeurs interdites à l'homme. D'où il se trouvait, Blade pouvait apercevoir l'extrémité supérieure de l'engin lesté par des blocs de pierre.

— Et maintenant, on va faire une première descente, histoire de voir si on est bien au-dessus, ajouta Thass,

*
**

La boussole et l'espèce de sixième sens du capitaine avaient vu juste à quelques centaines de mètres près, ce qui tenait presque du miracle compte tenu de la technique de repérage employée. Les deux plongeurs qui empruntèrent la cloche découvrirent par le trou qui s'ouvrait au bas de celle-ci des os éparpillés sur le fond rocheux de l'océan qui s'étendait à une trentaine de mètres sous la coque de *La Perle des Mers*. L'expérience leur souffla qu'ils se trouvaient à la périphérie du cimetière sous-marin et ils tirèrent sur la corde de communication pour se faire remonter.

La cloche dégoulinante d'eau reparut et les deux hommes sortirent par son fond pour se glisser dans une ouverture qui se découpait dans une des parois du puits de plongée. Une fois de retour sur le pont, ils firent leur rapport à Thass. Le capitaine plissa ses yeux de guerrier tartare, réfléchit un instant, puis donna des ordres à l'homme de barre pour infléchir la course du bateau. Dès l'arrivée sur le gisement, les voiles rouges avaient été affalées et toutes les manœuvres se faisaient maintenant à vitesse réduite à l'aide des rameurs volontaires assis sur les deux bancs de nage courant le long du pont inférieur.

— Si tout se passe bien, nous aurons fait le

plein avant midi, fit Thass. Tu te sens prêt à donner un coup de main à mes plongeurs?

Blade lorgna la cloche primitive avec quelque inquiétude puis hocha la tête.

— Je te dois bien ça et j'ai toujours l'habitude de payer mes dettes.

Sans compter qu'un peu d'argent ne lui ferait pas de mal en arrivant à Jondra...

Blade se retrouva en équipe avec un homme maigre, au visage émacié et à la cage thoracique creusée, sans doute suite à un abus de plongées. Il s'appelait Arva et était le plus vieux plongeur de Thass. Le plus expérimenté aussi, ce qui expliquait pourquoi il avait été choisi pour accompagner Blade.

Vêtus seulement d'un pagne, les deux hommes se glissèrent avec difficulté dans la cloche. Une fois à l'intérieur, Blade se rendit compte qu'ils pouvaient à peine bouger tant l'engin était exigu. Ils étaient assis sur un banc circulaire très étroit et leurs pieds pendaient dans le vide au-dessus du fond ouvert de la cloche.

Il y eut une secousse et Arva fit signe à son compagnon de s'accrocher. La cloche descendit alors lentement. Elle toucha l'eau au fond du puits et s'immobilisa le temps qu'Arva se glisse dans le trou et s'empare, à l'aide d'une gaffe, d'un filin lesté, terminé par un nœud coulant qui venait d'être descendu le long de la cloche. L'homme remonta ensuite s'asseoir et cogna du poing contre la paroi couverte de poix. Il y eut une autre secousse et l'appareil primitif commença à s'enfoncer pour de bon dans l'eau, attiré vers le fond par les centaines de kilos de pierre fixés à son extrémité la plus basse.

Blade sentit la pression de l'air monter un peu lorsque ses oreilles se bouchèrent. Arva posa la main sur son bras et lui souffla de respirer le moins possible pour ne pas user trop vite l'air qui leur permettrait de rester un bon quart d'heure sous l'eau.

Le fond ne tarda pas à apparaître sous leurs pieds. A cette profondeur, la lumière aveuglante du soleil n'éclairait plus grand-chose mais Blade put distinguer une foule d'os de plusieurs mètres de long qui gisaient un peu dans tous les sens parmi les algues recouvrant les rochers. Des poissons argentés évitèrent la cloche à coups de queue rageurs. Sur le sol, un animal caparaçonné rouge et vert recula et se tapit dans une anfractuosité, continuant ensuite à épier les intrus à l'aide de ses yeux dorés accrochés à l'extrémité de la double paire d'antennes qui jaillissaient de sa tête.

Blade était fasciné par la taille des os blanchis par l'océan qu'il voyait défiler sous ses pieds au fil du lent déplacement du bateau. Certains étaient si gros qu'il était impossible d'en voir la largeur complète par l'orifice étroit de la cloche. Les animaux à qui ils avaient appartenus avaient dû faire au moins une bonne centaine de mètres de long et Blade ne put s'empêcher de froncer les sourcils en songeant à ce qu'avait dû être la vie sous-marine de Basran dans les temps reculés où de tels monstres hantaient les océans...

Arva lui toucha à nouveau le bras en désignant le fond avec sa gaffe. A côté de ce qui devait être un coin de mâchoire gigantesque venait d'apparaître un segment cylindrique couleur blanc cassé et qui devait faire un bon mètre de diamètre. Arva réagit instantanément en tirant deux coups secs sur la corde de communication. Le temps que les rameurs aient enregistré l'ordre de stopper, la cloche avait parcouru encore une bonne dizaine de mètres. Par chance, c'était dans la bonne direction car, en se penchant, Blade découvrit l'extrémité pointue et un peu ébréchée de ce qui était de toute évidence une défense titanesque.

Arva lui demanda de le retenir par le bras gauche puis se pencha jusqu'à presque toucher l'eau qui clapotait au fond de la cloche à l'intérieur de laquelle l'atmosphère commençait à devenir moins respirable. Avec des mouvements très lents pour ne pas brouiller le miroir liquide, le Basrannien plongea sa longue gaffe retenant le bas du nœud coulant lesté et approcha celui-ci de la pointe d'ivoire qui se trouvait pratiquement à la limite de son rayon d'action. Mais comme il était impossible de demander à *La Perle des Mers* de se déplacer de quelques mètres seulement, il fallait bien faire avec...

Finalement, l'adresse d'Arva vint à bout de la situation et le nœud coulant passa autour de la pointe. Blade commençait à avoir mal au bras à force de retenir son compagnon dont le visage touchait quasiment la surface liquide. En temps normal, il n'aurait eu aucun mal à le tenir mais la teneur en gaz carbonique de l'air confiné l'empêchait de plus en plus de respirer normalement.

Pendant ce temps-là, le plongeur tira à lui sa gaffe et empêcha le nœud de serrer la défense. Il tira ensuite à nouveau dessus et le filin se mit à glisser tant bien que mal le long de l'ivoire. Puis il se redressa, demanda à Blade de prendre sa propre gaffe. Une fois celle-ci accrochée au nœud, les deux hommes assurèrent une bonne prise à leurs pieds et

Arva tira trois coups sur la corde de communication.

Quelques dizaines de secondes plus tard, le bateau entreprit de se déplacer en marche arrière à l'allure d'un homme au pas, entraînant la cloche avec lui. Le nœud coulant recommença à glisser le long de la défense démesurée. Tout se déroula sans problème sur une dizaine de mètres mais, tout à coup, le nœud se prit dans un os et se bloqua.

— Tiens bon! souffla Arva. Il ne faut pas lâcher!

Blade serra les dents et ses articulations blanchirent autour du manche de sa gaffe. Il ne fallait pas que le nœud coulant se débloque et se resserre d'un coup autour de la défense car il serait ensuite impossible de remonter celle-ci sur le voilier.

Par chance, les millénaires avaient tellement fragilisé l'os du monstre marin inconnu que celui-ci céda presque tout de suite. Le glissement du filin reprit. Un instant plus tard, des striures sur l'ivoire de plus en plus profondes annoncèrent l'approche de la racine. Arva dit à Blade de retirer sa gaffe puis se pencha vers le fond de la cloche après avoir tiré deux fois sur la corde de communication. Il attendit encore un peu avant de débloquer le nœud et le filin se resserra très vite autour de la défense pour se bloquer définitivement contre les excroissances de la racine.

Le bateau s'immobilisa à nouveau.

— C'est une belle prise, se contenta de dire Arva en s'essuyant le visage, au moment où la cloche remontait vers la surface.

Blade approuva sans rien dire, incapable de parler dans cet air vicié et chaud qui lui piquait les yeux.

*
**

Thass fut particulièrement satisfait lorsque les palans installés entre les deux mâts finirent d'extraire l'énorme masse d'ivoire remontée verticalement par le puits de plongée dont la cloche avait été extraite.

— Crois-moi, l'ami, dit-il en donnant une bonne claque dans le dos à Blade, avec ce que va te rapporter ta part rien que sur cette pièce, tu vas pouvoir te payer la vie de château pendant une bonne semaine dans tous les lupanars de Jondra !

— Il se trouve que le destin a fait que je doive envisager maintenant d'autres projets..., répondit Blade.

Le sourire disparut du visage de Thass.

— C'est vrai, l'ami, j'avais oublié. Mais si tu as besoin de faire des économies pour retourner dans ton Angleterre, tu peux rester encore avec moi pour la prochaine sortie. Qu'en penses-tu?

Blade allait lui répondre que c'était une idée à considérer lorsque quelqu'un cria au-dessus d'eux qu'une voile noire venait d'apparaître à l'horizon.

— J'ai bien peur que la concurrence arrive..., fit Blade.

— Alors, j'espère que tu sais aussi bien manier le sabre que la gaffe! rétorqua le capitaine.

CHAPITRE IV

L'autre bateau poursuivit son approche et il devint vite évident que ses intentions n'étaient pas pacifiques. Il était plus gros que *La Perle des Mers* et portait des voiles rectangulaires. Comme il arrivait de face, les seuls détails supplémentaires que put distinguer Blade furent la double coque en catamaran et les excroissances qui en sortaient à l'avant et sur les côtés.

— C'est Lyanar le Borgne, grogna Thass. Pas de doute là-dessus. Il n'y a que cette vermine pour utiliser un double-coque et des voiles noires! Mais on va l'attendre de pied ferme, fais-moi confiance, ajouta-t-il en montrant de la main l'espèce d'arbalète géante que trois marins étaient en train de monter sur le gaillard d'arrière. C'est un des pires tueurs qui hante les océans. Sais-tu que sa tête a été mise à prix personnellement par Gozlan, le roi de Jondra?

Blade se contenta de hocher la tête. Il était moins confiant que le capitaine quant à la suite des événements. Comment le modeste voilier, de plus, loin d'être gréé pour la vitesse, pouvait-il espérer échapper à un tel adversaire? Et puis une poursuite telle que celle-ci interdisait l'usage de l'imposant éperon d'ivoire que Thass avait fait installer récemment à la proue de son bateau.

La Perle des Mers avait déjà viré de bord et fuyait au plus vite devant son poursuivant. Entre-temps, l'énorme défense d'ivoire avait été déposée sur le pont pour y être fixée à la hâte car le temps manquait pour la rentrer dans la cale. Un obstacle supplémentaire sur un pont déjà bien encombré comme ça. Les palans avaient ensuite été rapidement démontés, l'écoutille refermée sur le puits de plongée et la cloche qui s'y abritait.

Pendant que les marins au crâne rasé s'affairaient à transformer leur bateau en prévision d'un abordage inévitable, Blade passa sur le gaillard d'arrière pour jeter un coup d'œil à l'arbalète géante installée pour du tir en retraite. Elle était constituée par un arc en bois de trois bons mètres de long qu'un système à manivelle renforcé d'ivoire permettait de bander. Les projectiles étaient des flèches de deux mètres de long dont la fine tige de bois noir se terminait par une pointe à barbules en ivoire. Derrière celle-ci était fixée une boule de tissu imbibé d'un liquide poisseux dont l'usage ne faisait aucun doute : une fois allumé par la torche du servant, ce genre d'engin était capable d'allumer un incendie à des centaines de mètres de distance.

Au pied de l'arme, un vieil homme était en train de ranger patiemment les projectiles la pointe en l'air sur un support spécial. Blade reconnut en lui Sabor, l'ivrogne du bord à qui il devait pourtant la vie. Le vieux lui lança un sourire édenté puis retourna à sa besogne avec une lenteur étonnante, comme s'il ne se rendait pas compte du combat qui n'allait pas tarder à éclater. Il empestait l'alcool à plusieurs coudées, ce qui expliquait sans doute beaucoup de choses...

L'abandonnant à sa tâche, Blade reporta son attention sur leur poursuivant dont les voiles noires, gonflées par un vent soutenu qui s'était levé une heure plus tôt, se découpaient sur le ciel bleu électrique.

Le bateau des pirates était une bête taillée pour la course. Au cours de ses nombreux voyages dans les DX, il avait eu maintes fois affaire à toutes sortes de coupeurs de gorge des océans mais ils avaient été rarement aussi bien équipés que ceux qui filaient maintenant le train de *La Perle des Mers*.

Avec le temps, le pirate s'était encore rapproché et on pouvait observer bien des détails de son gréement et de ses superstructures. Les deux coques étaient assez basses sur l'eau et les voiles noires faisaient comme une tache d'encre au-dessus d'elles. Des plates-formes s'élevaient entre la double proue ainsi qu'à bâbord et tribord, surplombant les jets d'écume qui venaient les lécher de temps à autre.

Blade n'eut aucun mal à distinguer les grosses arbalètes qui s'y trouvaient ni à deviner qu'il devait en avoir une autre à la proue. Un coup d'œil en direction du sommet des mâts lui montra que les hunes étaient, elles aussi, armées d'arbalètes, mais moins imposantes que celle d'en bas.

Deux marins montèrent sur le gaillard où se trouvait Blade et dirent à Sabor de dégager le plancher. En redescendant, le vieux croisa Thass qui montait rejoindre Blade avec un jeu d'armes à la main.

— Voilà de quoi tailler quelques boutonnières à ces bandits! jeta-t-il avec une décontraction quelque peu forcée.

Blade attrapa au vol le sabre et le poignard

que l'autre venait de lui lancer. Il découvrit alors avec étonnement que les lames d'ivoire étaient coupantes comme un rasoir et, surtout, qu'elles semblaient être aussi souples que si elles avaient été en métal. La garde du sabre était renforcée de cuir. Blade soupesa le poignard. Tout comme le sabre à la lame légèrement recourbée, il était bien équilibré. Ce qui permettait de l'utiliser également comme arme de lancer. Au yeux de Blade, la seule véritable étrangeté de cet attirail guerrier était sa couleur laiteuse qui lui donnait l'apparence de fausses lames d'entraînement.

— Alors, tu es sûr que tu sauras t'en servir ? lui demanda Thass qui s'était mépris sur l'origine de l'attitude de Blade. D'accord, tu as l'air costaud mais on dirait que c'est la première fois que tu vois un sabre.

Le regard sombre de Blade rencontra le sien.

— Dans mon pays, on utilise plutôt l'épée et je ne faisais qu'évaluer ses possibilités. Sans vouloir me vanter, j'espère seulement que tes hommes sauront s'en servir aussi bien que moi. Et surtout, j'espère que nous serons encore de ce monde ce soir pour aborder cet intéressant problème technique...

*
**

Vers midi, le vaisseau ennemi s'était suffisamment rapproché pour qu'on puisse apercevoir ses trois mâts. Il ne se trouvait plus dans le sillage direct de *La Perle des Mers* mais s'était décalé un peu sur tribord pour se stabiliser à un peu plus de deux encablures de sa proie. Trop loin encore pour utiliser ses armes lourdes mais ce répit ne durerait pas.

— Regarde-les s'agiter comme des mouches sur du crottin de cheval, grommela Thass. Parce qu'ils ont un bateau deux fois plus gros que le nôtre et qu'ils sont deux fois plus nombreux que nous, ils croient déjà la partie gagnée ! C'est toujours pareil avec ces ordures devant qui tout le monde plie. Mais celui-ci va voir de quel bois je me chauffe, je te le garantis !

Blade ne répondit rien. La confiance exprimée par Thass avait quelque chose d'irréel et semblait être une atteinte au simple bon sens. A moins que le capitaine ait un atout caché, bien sûr...

Thass attendit encore un peu puis cria à l'homme de barre de se rapprocher du pirate et aux autres marins de se mettre derrière les plaques de bois recouvertes de cuir mouillé qui avaient été installées à la hâte tout le long du bastingage faisant face au navire adverse.

— Allez, expédiez-leur un cadeau de bienvenue! jeta-t-il aux deux servants de l'arbalète qui attendaient.

Le plus petit des deux posa le bout de sa torche enflammée sur la boule fixée derrière la pointe de la grosse flèche. Le produit inflammable qui l'imbibait prit instantanément feu.

Le tireur pointa son arme vers le ciel et déclencha le mécanisme. La corde émit un sifflement en se détendant et le projectile enflammé fila vers le soleil pour opérer une courbe dans l'air chaud qui l'amena directement entre le mât de misaine et le grand mât de l'ennemi, Blade félicita mentalement le servant qui avait su si bien jouer avec la distance et les vitesses de déplacement respectives des deux navires.

La flèche avait dû s'accrocher en bas de la voile du grand mât car des flammes ne tardèrent pas à s'élever en dépit des efforts des pirates pour les éteindre.

Dans le même temps, les arbalètes du vaisseau noir ripostèrent toutes d'un coup, y compris celles qui se trouvaient au sommet des mâts. Une volée de grosses flèches enflammées fila vers *La Perle des Mers*. Mais le déplacement qui avait joué pour le tireur de Thass opéra contre les pirates dont le voilier était en retrait par rapport à sa cible.

Le vent freina les projectiles fumants et seul l'un d'eux réussit à frôler le gaillard d'arrière de *La Perle des Mers*.

Les marins se mirent à crier et à invectiver les pirates toujours en train de lutter contre le feu qui dévorait maintenant une bonne partie de la voile noire.

Le servant de l'arbalète en profita pour expédier trois autres flèches incendiaires dont deux firent mouche, cette fois, à l'avant du catamaran géant, n'y causant que des dégâts plus gênants pour la manœuvre que réellement graves. Les arbalétriers ennemis, eux, n'eurent pas plus de chance que lors de la première bordée.

Au bout d'un moment, les pirates finirent par éteindre le feu, ils ramenèrent partiellement la voile et la poursuite reprit. Mais l'œil exercé de Blade remarqua que le bateau noir avait perdu un peu de vitesse. Pas assez cependant pour que les pêcheurs d'ivoire puissent espérer leur échapper.

Sur l'ordre de Thass, le servant tira encore à plusieurs reprises pendant que Sabor et un marin réapparaissaient avec un autre chargement de longues flèches, les disposant dans le râtelier spécial, à portée de la main du préposé au chargement et à la mise à feu.

Tout en faisant signe de la tête au servant

de tirer, Thass calma ses hommes d'un grand coup de gueule.

— Arrêtez de piailler comme ça ! Harst ! fais-moi sortir les rames ! ordonna-t-il au gros homme à la poitrine velue qui lui servait de second. Et qu'elles restent en position relevée !

Le second lui répondit par un signe de la main et s'engouffra dans l'escalier menant aux bancs de nage du pont inférieur.

Blade lança un regard interrogateur au capitaine.

— Allez, viens, on descend à la barre. Tu vas voir la petite surprise que je réservais au premier de ces écumeurs qui nous tomberait dessus...

Sur ce, Thass ordonna à l'arbalétrier de continuer à tirer puis poussa Blade vers l'avancée du gaillard au-dessus du pont où se trouvait la barre.

C'est à ce moment-là que la première flèche ennemie fit mouche en clouant contre le bois un marin qui s'était trop imprudemment écarté des panneaux de protection. L'homme poussa un cri horrible et se tortilla quelques secondes pour échapper au projectile en feu planté dans sa poitrine. Les flammes s'emparèrent immédiatement de ses vêtements et il commença à brûler avant même que la mort l'ait saisi.

Une fois à la barre, le capitaine repoussa celui qui la tenait et entreprit de la faire tourner à fond. Sous l'effort, ses muscles noueux se gonflèrent si puissamment qu'ils donnèrent l'impression de vouloir éclater. Le voilier vira rapidement sur tribord, effectuant un virage qui fit quelque peu gîter la coque. Les voiles furent affalées à toute vitesse pour éviter que le vent accentue encore la gîte.

Et *La Perle des Mers* fonça droit sur le voilier des pirates.

Ceux-ci n'eurent matériellement pas le temps de freiner leur course. Tout comme son arbalétrier, il semblait que Thass avait un coup d'œil très exercé pour calculer les trajectoires de collision...

— Accroche-toi, Blade d'Angleterre! s'exclama-t-il alors que la coque bâbord du vaisseau noir surgissait devant eux.

Blade obéit instantanément. Bien lui en prit, car le choc eu lieu bien avant que la proue de *La Perle des Mers* percute la coque adverse. Blade fut projeté en avant et faillit se déboîter l'articulation de l'épaule.

Un craquement gigantesque traversa l'air surchauffé et une portion de l'avant de la coque du catamaran jaillit en l'air. Thass laissa son bateau s'enfoncer dans son adversaire pendant deux ou trois secondes puis hurla à Harst de lancer ses rameurs.

Les grands avirons touchèrent l'eau alors que l'inertie du pirate menaçait de faire faire une embardée à *La Perle des Mers*. Arc-boutés sur leurs rames, les hommes du banc de nage tirèrent comme des damnés pour faire reculer leur bateau le plus vite possible et dégager le long éperon installé sous la ligne de flottaison qui venait d'embrocher le voilier noir.

L'arme secrète de Thass : utiliser un éperon là où personne ne s'y attendait...

Ebranlés eux aussi par la violence du choc, les pirates se ressaisirent vite et se mirent à tirer avec tout ce qui leur tombait sous la main.

Une nuée de flèches s'abattit sur le bateau et Blade faillit bien avoir la gorge traversée par l'une d'elles. Plusieurs projectiles enflammés tombèrent sur le pont, heureusement pas dans les voiles entassées par terre et qu'une équipe de marin était prête à remonter.

De son côté, le servant du gaillard d'arrière s'était relevé et tirait tant qu'il pouvait sur l'ennemi, inconscient des flèches qui essayaient de l'abattre et qui finirent par faire mouche sur son compagnon alors qu'il allumait un projectile. L'homme lâcha sa torche pour essayer d'arracher la tige de bois qui venait de lui perforer le ventre et le brandon allumé roula dans l'escalier menant au pont. Thass la vit du coin de l'œil et se précipita pour la récupérer.

— Donne-la-moi, dit Blade, j'en ai assez de jouer au spectateur et je vais donner un coup de main à ton tireur d'élite!

Un large sourire traversa le visage de Mongol du capitaine et il assena une claque dans le dos de Blade pendant que celui-ci grimpait les marches quatre à quatre.

Pour voir le tireur se faire pulvériser le crâne par une pierre de fronde tirée à l'extrême limite de sa portée...

L'arbalète n'avait aucune protection frontale mais Blade n'hésita pas et posa sa torche sur la boule inflammable. Puis, d'une seule main, il fit pivoter l'arbalète et visa la voile de misaine.

La flèche s'envola telle une minuscule comète fumante, alla se ficher en plein centre de la pièce de toile. Les flammes parurent hésiter un instant mais un cercle de feu ne tarda pas à se développer autour du point d'impact. Des pirates se précipitèrent pour tenter de l'éteindre mais le temps qu'ils y parviennent, la voile serait au moins à moitié dévorée. Et la vitesse du vaisseau noir, déjà bien handicapé par sa coque percée, en serait encore réduite d'autant...

Pendant ce temps, *La Perle des Mers* s'était péniblement éloignée au-delà du rayon d'action des archers adverses. Seuls quelques projectiles enflammés tombèrent mollement sur le pont mais les marins réussirent assez facilement à les éteindre. Dès qu'il estima être assez éloigné, Thass refit virer son bateau pour le remettre dans le sens du vent puis ordonna aux rameurs de rentrer leurs avirons et à d'autres de ses hommes de hisser au plus vite les deux grandes voiles triangulaires.

La Perle des Mers reprit peu à peu de la vitesse et, cette fois-ci, Blade vit avec soulagement que le pirate ne pouvait plus les suivre en raison de la voie d'eau qui le faisait gîter sur bâbord, là où l'éperon avait défoncé la coque.

Thass apparut alors à ses côtés et eut une grimace en voyant le visage défoncé de son tireur.

— Par Khrest, quel malheur! Cet homme était un des plus précieux de tout l'équipage.

— Ça, je n'en doute pas, dit Blade en se frottant le front. Un tireur comme ça ne doit pas se trouver sous le sabot d'un cheval... En tout cas, bravo pour cette manœuvre intrépide à l'éperon ! C'est du grand art et jamais je n'aurais cru ton bateau capable d'une telle souplesse.

Thass éclata de rire.

— Les vautours de Lyrna le Borgne non plus, comme tu as pu le voir ! Et maintenant, on va les laisser ici et retourner à Jondra pour fêter notre victoire !

— Ah bon, s'étonna Blade. Je croyais pourtant que le roi Gozlan offrait une belle prime pour sa tête...

CHAPITRE V

La Perle des Mers n'avait pas lâché le voilier pirate de toute la journée. Handicapé par le coup d'éperon, celui-ci n'avait dû son salut qu'au cloisonnement interne qui avait empêché l'eau d'envahir totalement la coque bâbord pour le faire ensuite chavirer.

Trop sûr de lui, Lyanar le Borgne s'était fait piéger par un de ces marchands qu'il méprisait tant et qu'il adorait voir ramper à ses pieds pour implorer sa grâce. Maintenant, il ne décolérait plus en voyant l'autre bateau tourner sans cesse autour de lui et lui tirer dessus à chaque fois que c'était possible. De leur côté, ses propres arbalétriers ne manquaient jamais une occasion de riposter et le pêcheur d'ivoire avait échappé à plusieurs reprises à des débuts d'incendies ravageurs. Mais il aurait donné cher pour savoir ce que le capitaine de cette barcasse grande comme la moitié de son navire pouvait avoir dans la tête. Pourquoi donc restait-il là à le narguer au lieu de filer en remerciant Khrest d'avoir échappé à une mort presque certaine?

Tout en observant le vaisseau noir, Blade avait l'impression de pouvoir lire dans les pensées de son capitaine.

Lors d'un des passages les plus rapprochés, il avait pu apercevoir celui dont il avait décidé de ramener la tête à Jondra, plus pour avoir la satisfaction de débarrasser Basran d'un dangereux criminel que pour toucher la récompense. Il avait vu la silhouette de haute taille avec son casque pointu lever un genre de masse d'armes dans sa direction. Le vent avait emporté les paroles du chef pirate mais nul ne pouvait douter de leur teneur.

Restait à savoir comment arriver à ses fins sans devoir recourir à un abordage que l'équipage de Thass, en dépit de sa bravoure, ne pourrait jamais mener à bien. Ce n'est que lorsque le capitaine lui avait dit que Lyanar le Borgne était un Sekkurien et qu'il avait pour habitude de prendre des compatriotes comme membres d'équipage que le déclic s'était fait dans sa tête.

— Quand tu m'as vu pour la première fois, tu m'as bien dit que je ressemblais à un Sekkurien?

— Oui, avait répondu Thass en hochant la tête. Ils ont souvent des cheveux bruns et des yeux sombres comme toi et leur peau est plus claire que la nôtre. Mais je doute que tu parles suffisamment bien leur langue pour faire illusion longtemps.

— Ne t'en fais pas pour ça...

Mais une fois que Blade lui eut expliqué son plan, il l'avait carrément pris pour un fou.

***

La nuit était presque tombée et le vent avait légèrement molli, tout en se rafraîchissant. Blade fit signe à Thass que le moment était venu et descendit au pont inférieur. Il passa entre les deux bancs de nage et se dirigea vers l'ouverture donnant dans le puits de plongé. Là, il se débarrassa de tous ces vêtements et ne conserva que son ceinturon auquel étaient fixés un sabre et trois poignards. Dès qu'il fut prêt, il enjamba le rebord et se retrouva coincé entre le bas de la cloche solidement arrimée et la paroi du puits. Deux mètres plus bas, l'eau clapotait sous ses pieds.

Blade sentit un peu plus tard le bateau virer de bord et les rameurs prirent le relais lorsqu'il se retrouva presque perpendiculaire par rapport à la direction du vent. Tout à coup, la tête moustachue de Thass s'encadra dans l'ouverture d'accès au puits.

— Ça y est, l'ami, nous allons bientôt couper la route de cette vermine. Tu es bien sûr de ce que tu fais, hein? Je n'arrête pas de penser que tu as dû recevoir un coup sur le crâne pendant la bagarre de ce matin...

Blade fit comme s'il n'avait rien entendu.

— N'oublie pas de rester paré à te mettre dans le sillage de l'autre dès que tu verras une de ses voiles s'enflammer. A la moindre fausse manœuvre de ta part, je suis perdu, alors pas d'erreur, d'accord?

— Compte sur moi, l'ami. Au fait, ils sont tous aussi cinglés que toi dans ton pays?

— Non, sourit Blade, sinon ça se serait sûrement déjà su jusqu'à Jondra...

— Alors, que Khrest te protège.

Thass disparut. Quelques instants plus tard, trois coups furent frappés sur la porte de l'écoutille et Blade se laissa glisser dans l'eau sombre.

***

Blade coula à pic durant quelques dizaines de secondes, le temps pour la coque de *La Perle des Mers* de défiler au-dessus de lui. Puis il entreprit de remonter vers la surface et sa tête ressortit sans bruit de l'eau.

La première chose qu'il vit fut la silhouette du voilier de Thass en train de s'éloigner sur sa droite en se découpant sur le demi-disque maintenant bleu foncé du soleil en train de s'enfoncer sur l'horizon. Il se retourna immédiatement et découvrit la masse noire du pirate venant droit sur lui à moins d'une centaine de mètres.

Immobile dans l'eau et espérant qu'un rayon de l'astre couchant ne viendrait pas toucher sa tête et attirer l'attention des pirates, Blade tira un des poignards de son ceinturon et retint son souffle en voyant s'approcher le grand catamaran.

L'avant de la coque de gauche disparaissait presque sous l'eau à chaque fois qu'elle rencontrait une ondulation de la houle légère. Dans l'état où il se trouvait, le voilier risquait fort de ne pas survivre à la moindre tempête. Par moments, il gîtait assez pour que la plateforme supportant l'arbalète de bâbord soit éclaboussée d'écume.

La double coque se rapprocha rapidement. Blade vit passer au-dessus de lui le poste de tir avant. Au même instant, les deux servants expédièrent un projectile enflammé en direction de *La Perle des Mers*.

Blade n'eut pas le temps de voir s'ils avaient fait mouche. Dès qu'il fut hors de vue de l'équipage, il se mit à nager frénétiquement vers la coque de gauche. La paroi de bois défila devant lui. Sans perdre de temps, il repéra une séparation entre deux pièces de bois et il planta son poignard d'un coup sec. La lame s'enfonça de plusieurs centimètres et il se retrouva brusquement tracté par le navire. La violence du choc arracha l'arme d'ivoire du bois.

L'espace de quelques secondes, la panique envahit Blade. Une bonne moitié de la coque l'avait déjà dépassé et s'il manquait sa prochaine tentative, il était perdu. Il se retrouverait ballotté dans le sillage du pirate sans le moindre moyen d'avertir Thass et la mort par épuisement finirait par venir le cueillir sur ce monde à peine entrevu.

La lame d'ivoire s'abattit pour la seconde fois. Avec la force du désespoir. Cette fois, l'ivoire mordit plus profondément. Les yeux pleins d'eau salée, Blade lutta pour tirer de sa main gauche un deuxième poignard qu'il planta tant bien que mal un peu au-dessus de l'autre. Ce n'est qu'à ce moment-là qu'il sut qu'il était sauvé.

Un coup d'œil autour de lui lui apprit qu'il se trouvait dans la partie arrière du vaisseau noir. Toujours ballotté dans l'écume, il regarda vers le haut et estima que le tablier reposant sur les deux coques se trouvait à environ trois mètres au-dessus de sa tête.

Après avoir assuré la prise du second poignard, il arracha lentement le premier et le replanta immédiatement plus haut. Il procéda ainsi jusqu'à ce qu'il soit pendu à la verticale avec les pieds au-dessus de l'eau. Là, il reprit son souffle tout en scrutant les demi-ténèbres qui l'entouraient. Il finit par découvrir à une dizaine de mètres de là ce qu'il cherchait : une trappe se découpant dans le tablier permettant de procéder à l'inspection de la face interne de la coque. La même devait exister près de celle d'en face. Blade poussa un soupir de soulagement et reprit sa lente et dangereuse progression vers la seule porte qui s'ouvrait à lui, espérant enfin pénétrer réellement dans le navire ennemi.

Un peu plus tard, accroupi sous la trappe et les pieds reposant sur une minuscule plateforme surgissant à cet endroit de la paroi de la coque, Blade testa doucement le panneau de bois et se rendit compte qu'il était bloqué. Dans le peu de lumière dispensée par le soleil couchant, il distingua dans un des interstices la forme de ce qui devait être la tige d'un crochet en ivoire. Il le titilla du bout d'un poignard et sentit qu'il bougeait. Il n'insista pas pour éviter de se faire repérer et se prépara à attendre que la nuit soit tombée en surveillant le bruit des pas qui se déplaçaient de tous côtés au-dessus de lui.

***

Blade n'avait aucune notion de l'heure qu'il pouvait être. La seule chose dont il était sûr, c'était que la nuit était complètement tombée sans qu'aucune lune ne vienne déranger les ténèbres. Sur le bateau, les bruits de pas s'étaient raréfiés mais pas encore assez pour tenter une sortie.

Il laissa passer encore un long moment, en ne bougeant qu'au minimum pour faire passer les crampes qui s'installaient périodiquement dans ses membres. L'agitation des pirates décrut encore jusqu'à devenir presque inexistante. Maintenant, il ne devait plus rester que les sentinelles en faction pour surveiller les déplacements de *La Perle des Mers*. Mais à la moindre alerte, tout l'équipage serait probablement sur le pont en un clin d'œil, on pouvait faire confiance à l'entraînement des pirates pour ça.

Blade se redressa lentement et inséra la pointe de son poignard dans l'interstice au-dessus de lui. La lame poussa en douceur le crochet jusqu'à ce qu'il soit totalement dégagé. Cela fait, Blade posa le sommet de son crâne contre le panneau de bois et le souleva millimètre après millimètre. Ses yeux habitués à l'obscurité qui régnait sous le tablier du catamaran géant profitèrent de la vague luminosité dispensée par les étoiles pour scruter la partie du pont visible devant lui. Les divers objets qui l'encombraient ne lui permirent pas de voir grand-chose et il se résolut à soulever encore un peu plus la trappe en s'en remettant à sa chance pour que personne ne l'aperçoive.

Le ciel était avec lui et, moins d'une minute plus tard, il se glissa comme une ombre sur le pont.

Le premier problème à régler était de trouver des vêtements. Il avait abandonné les siens pour ne pas être gêné dans l'eau mais il devait impérativement s'en procurer au plus vite pour poursuivre son coup de main en solitaire.

Rampant sur le pont, il alla s'accroupir contre un tas de cordages et se redressa légèrement pour observer les environs. Des ronflements sonores sortaient des cabines installées entre les trois mâts.

Blade ne tarda pas à repérer la plupart des sentinelles, y compris celles qui se trouvaient dans les vigies. De plus, les servants des arbalètes étaient toujours à pied d'œuvre, les torches allumées, prêtes à servir. Le veilleur le plus proche était assis sur un tonneau, les yeux fixés sur le bateau de Thass signalé par des lanternes aux extrémités de sa coque et qui, comme convenu, suivait le voilier noir un peu en retrait sur bâbord. D'un coup d'œil, Blade vit que l'homme avait une corpulence et une taille comparables aux siennes.

Tirant un poignard, Blade quitta subrepticement son abri. En un instant, il se retrouva juste derrière la sentinelle. Il se redressa et lui appliqua la main sur la bouche tout en lui perçant d'un coup la poitrine au niveau du cœur. L'homme eut un sursaut mais la poigne de fer de Blade l'empêcha de bouger jusqu'à ce que la mort quasi instantanée fasse son effet.

Sans bruit, il fit discrètement basculer le pirate et le déposa derrière le tonneau. Là, il s'arrêta et vérifia que personne ne l'avait vu. Puis il déshabilla le mort et, allongé à ses côtés sur le pont, passa son pantalon de toile, sa tunique et ses sandales.

Cela fait, il tira sans bruit le cadavre nu jusqu'à la trappe pour éviter que quelqu'un ne le découvre par hasard. Il entrouvrit le panneau de bois et y fit glisser le corps. Personne ne l'entendit tomber à la mer entre les deux coques. Blade attendit quelques secondes puis alla remplacer sa victime sur le tonneau. La première partie de son plan avait réussi.

De son poste, il put inspecter le bateau tout à loisir. Il lui fallait repérer au plus vite l'emplacement de la cabine de Lyanar le Borgne. Celle-ci devait probablement se trouver dans la construction qui occupait l'espace entre le mât de misaine et le grand mât et qui était surmontée par une sorte de passerelle primitive. Elle était sans doute davantage destinée à surveiller le déroulement des abordages qu'autre chose car Blade avait aperçu la barre à l'arrière du voilier, juste devant l'arbalète géante tirant en retraite.

Blade se leva et fit quelques pas, comme pour se dégourdir les jambes et en jouant avec son poignard. Il se rapprochait du modeste château avant lorsqu'un pirate en sortit subitement, l'air ensommeillé, visiblement pressé de satisfaire un besoin urgent. Il grommela quelque chose et Blade lui répondit par un signe de la main tout en évitant de trop lui montrer son visage. L'homme poursuivit son chemin et alla uriner par-dessus bord, près de la plate-forme de tir de bâbord que la mer léchait toujours autant. Les deux servants se moquèrent de lui et une conversation animée s'engagea. Blade profita de la diversion pour pénétrer dans les cabines sous la passerelle.

En fait, le premier niveau était occupé entièrement par un dortoir d'où sortaient un mélange écœurant de ronflements et d'odeurs de sueur et de crasse. Blade se contenta d'y jeter un bref coup d'œil puis avisa un escalier plutôt raide, éclairé par une sorte de lampe-tempête en ivoire, montant au second étage. En toute logique, c'était là que devait se trouver la cabine du chef pirate.

Une marche craqua sous ses pieds mais sans que ça réveille qui que ce soit. Blade termina son ascension à pas de loup et parvint sur un palier. Deux portes s'y ouvraient. Il colla l'oreille contre les deux et repéra un ronflement solitaire.

Après avoir fait jouer la serrure primitive, il poussa le battant, se faufila à l'intérieur et referma derrière lui. Deux fenêtres laissaient pénétrer la lumière spectrale des étoiles, juste assez pour qu'il découvre les traits du dormeur nu en train de ronfler sur un lit recouvert d'un unique drap grisâtre, la main gauche dissimulée sous un oreiller.

Lyanar le Borgne avait visiblement perdu son œil à la suite d'une mauvaise blessure qui lui avait haché toute la partie droite du visage. Même dans le repos du sommeil, son visage exprimait une cruauté et une dégénérescence mentale telles que les dernières hésitations de Blade face à l'exécution qu'il s'apprêtait à commettre disparurent en fumée. Tuer un homme dans son sommeil était tout sauf glorieux mais Blade avait décidé de laisser momentanément de côté des principes chevaleresques de toute façon impossibles à mettre en œuvre compte tenu de la précarité de sa situation présente.

Il s'approcha encore du lit. A ce moment-là, l'œil unique du pirate s'ouvrit d'un coup et un sourire haineux s'afficha sur ses lèvres épaisses.

— Que fais-tu là, salopard? grogna-t-il.

Sa main gauche jaillit de dessous l'oreiller avec un long poignard recourbé à la lame laiteuse.

— Tu voulais me voler, hein? Me tuer? Je vais te crever la panse, vermine! jeta-t-il à voix basse.

Mais, au cours de son entraînement comme agent des Services Secrets britanniques, Blade avait appris bon nombre de façon de tuer instantanément.

Lyanar quitta le monde des vivants sans s'en rendre compte, ce qui était une injustice en soi pour un homme avec tant d'horreurs sur la conscience, comme tout bon capitaine pirate qui se respecte. Beaucoup plus difficile fut la suite de l'opération et Blade eut vraiment le cœur au bord des lèvres lorsqu'il essuya son sabre maculé de sang après avoir enveloppé la tête de Lyanar dans un morceau du drap de son lit.

Quand il repassa la porte avec son macabre baluchon à la main, il vit avec soulagement que personne n'avait détecté sa présence. Il redescendit jusqu'au pont et décrocha la lampe-tempête. Dehors, la discussion entre les arbalétriers et celui qui était venu uriner sous leur nez avait dégénéré. Blade comprit qu'il fallait faire vite avant qu'ils aient ameuté tout le bateau.

Mais avant tout, il fallait avertir Thass qu'il avait accompli sa mission.

Blade jeta un coup d'œil au-dessus de lui. La voile à moitié brûlée du mât de misaine était trop haute mais celle du grand-mât pourrait prendre feu sans problème si on employait les grands moyens... Blade fit demi-tour, remonta en vitesse l'escalier en faisant le moins de bruit possible puis entra dans la chambre de Lyanar. Il évita de regarder le cadavre décapité et mit le feu au lit. Dix secondes plus tard, il était dehors. Si tout se passait bien, le feu ne tarderait pas à se propager à la passerelle puis à la voile qui se trouvait juste au-dessus.

Blade reprit son rôle de sentinelle et personne ne lui prêta attention, d'autant plus que la discussion sur la plate-forme de tir venait de tourner au pugilat. Il se retrouva bientôt devant la trappe, qu'il ouvrit. Juste avant de s'y glisser, il vit avec soulagement que *La Perle des Mers* naviguait toujours vers l'arrière du pirate. Thass n'aurait pas de mal à vite se mettre dans le sillage du catamaran pour venir le récupérer.

Soudain, une explosion de flammes sortit des fenêtres de l'appartement de Lyanar le Borgne. Aussitôt, des cris jaillirent aux quatre coins du bateau. Blade attendit de voir le bas de la voile s'enflammer pour refermer la trappe. Il raffermit sa prise sur son baluchon sanglant et se laissa tomber à la mer entre les deux coques.

CHAPITRE VI

Une dizaine de jours plus tard, *La Perle des Mers* se présenta devant Jondra, la capitale du royaume d'Eldran dont étaient originaires Thass et le gros de son équipage.

Profitant d'un climat tropical assez humide, Jondra se déployait dans un écrin de verdure luxuriante recouvrant les collines avoisinantes. Une seule hauteur surgissait au milieu de l'agglomération, couronnée par le cœur du royaume et son plus beau joyau : le palais royal surnommé la Cité d'Ivoire.

Il avait la taille d'une ville médiévale moyenne. Sa masse laiteuse était visible de très loin et le feu qui brûlait constamment au sommet de sa plus haute tour en forme de minaret constituait un point de repère apprécié par les navigateurs. Mais ce qui rendait le palais des rois d'Eldran unique depuis une génération, c'était la carapace d'ivoire qui le recouvrait, symbole impressionnant de la richesse accumulée par le royaume grâce à l'exploitation de l'ivoire sous-marin.

La forteresse luisait doucement sous les feux du soleil légèrement voilé par la brume matinale. Son enceinte carrée de près de trois cents mètres de côté recouvrait la plus grande partie de la colline au sommet arasé qui lui servait de socle. Les pentes qui avaient autrefois servi de glacis protecteur entre le pied des murailles et le bas de la colline étaient recouvertes de jardins dont les massifs avaient été taillés pour représenter des figures mythologiques géantes visibles à plusieurs kilomètres à la ronde.

Vu du voilier piquant vers l'entrée du port gardée par deux forts massifs aux formes rondes, la ville en elle-même ne différait pas beaucoup de la plupart de celles qu'avait pu visiter Blade. Il semblait bien qu'il existât un schéma de base pour nombre des activités humaines dans les DX et la conception des cités en faisait visiblement partie.

De gros édifices massifs et aux toits en terrasse surgissaient çà et là parmi les vagues de toits sombres qui semblaient vouloir monter à l'assaut des collines verdoyantes. On pouvait également apercevoir de nombreuses tours élancées montant haut dans le ciel, terminées chacune par une sphère encerclée par une corniche. Un peu comme si les architectes locaux avaient voulu édifier des monuments à la gloire de la planète Saturne.

— Ce sont les lieux de culte pour notre Dieu, dit Thass lorsque Blade lui posa la question. Chaque nouveau roi doit en construire une au début de son règne. La boule représente le monde et l'anneau symbolise Khrest qui englobe tout. La sphère est creuse et les prêtres y implorent constamment la pitié de notre Dieu face à la bêtise et à la méchanceté humaines.

— Alors, ils ne doivent pas avoir le temps de s'ennuyer..., murmura Blade.

La Perle des Mers arriva bientôt près de l'entrée du port, croisant des bateaux de toute taille dont le nombre donnait une idée de l'activité qui régnait dans le port. La plupart étaient de petits chalutiers à voile triangulaire, reconnaissables au système de levage qui surmontait le plan incliné de leur poupe. D'autres étaient des navires ventrus disposant à la fois de voiles larges et de rangées de rames. Thass expliqua à Blade qu'ils faisaient la navette, de l'aube à la tombée de la nuit, entre le port et l'île de Levtan qu'ils avaient doublée une bonne heure auparavant.

Lorsque le pêcheur d'ivoire se présenta entre les deux forts, des soldats firent de grands signes du haut des remparts crénelés pour leur souhaiter la bienvenue.

— Attends qu'ils voient ce que nous ramenons et nous serons des héros, sourit Thass en retournant les saluts. Dès demain, tu seras l'étranger le plus populaire de toute la ville, fais-moi confiance! Ce naufrage qui t'a jeté à la mer était une vraie bénédiction de Khrest...

— J'ai bien peur que les fantômes de ceux qui m'accompagnaient ne soient pas tout à fait d'accord avec toi, répondit Blade en jouant le jeu.

Le capitaine haussa les épaules.

— Ce qui leur est arrivé est malheureux, mais tant pis. C'était leur destin. Et puis, franchement, tu crois aux fantômes, toi?

— Dans mon pays on dit souvent qu'on n'y croit pas mais qu'on en a peur...

Thass allait répondre puis se ravisa en voyant à l'extrémité du premier quai sur la droite un groupe de jeunes femmes court-vêtues agiter les mains dans leur direction. L'une d'elles releva même sa robe dans une invitation parfaitement explicite.

— Regarde-moi ça, l'ami. Il y en a plein comme ça tout autour du port. Je sens qu'on ne va pas s'ennuyer cette nuit!

Une fois dans le grand bassin rectangulaire qui constituait le port principal, Thass fit affaler les voiles et poursuivit son avance à la lente cadence des rames. Blade laissa courir son regard sur la multitude de bateaux à quai, aux coques souvent de couleurs vives et dont les mâts oscillaient lentement au gré de la faible houle occasionnée par ceux qui se déplaçaient dans le bassin.

Les quais étaient encombrés de caisses, de tonneaux et de ballots divers. Toute une faune s'y activait : dockers suant sous leur charge, marins, mendiants, prostituées, personnages à l'allure louche et gamins en train de jouer ou de repérer une victime à qui faire les poches. Rien de très nouveau mais Blade avait toujours eu un faible pour les quartiers portuaires même s'ils n'étaient pas très recommandables.

Au-delà des quais s'élevaient, à intervalles réguliers, des façades d'entrepôts assombries par la saleté accumulée au fil des ans. Entre elles débouchaient les rues qui s'enfonçaient dans le quartier des marins, limité un peu plus loin par l'enceinte des douanes. Seul le fond du bassin principal dont le quai était réservé aux voiliers de luxe privés donnait directement sur une grande place dallée d'où partait une avenue en direction du palais recouvert d'ivoire.

Thass expliqua tout cela à Blade pendant que *La Perle des Mers* passait à petite vitesse devant le bassin de la marine de guerre où étaient amarrés à quai des navires aux formes élancées et aux arbalètes menaçantes. Il y avait même un gros catamaran qui n'était pas loin de ressembler à celui du sinistre Lyanar le Borgne. Puis le voilier entra dans la zone réservée aux pêcheurs d'ivoire.

— Bienvenue au pays, l'ami ! lança Thass à Blade avec un grand sourire.

*
**

Après l'attaque qui avait coûté la vie au chef pirate, le capitaine eldran avait tenu à finir de remplir ses cales sur le gisement qu'il avait été contraint de quitter précipitamment. Victoire historique sur le banditisme ou pas, les affaires sont les affaires... Et la sale tête de Lyanar s'était retrouvée pour dix jours dans un baquet de saumure.

Thass laissa son second superviser le déchargement et emmena Blade au Comptoir Royal de l'Ivoire de Jondra, l'organisme chargé de l'achat et de la commercialisation de ce matériau « stratégique » sur tout le royaume. Chaque ville possédait le sien, y compris à l'intérieur des terres où les cimetières accessibles avaient été écumés depuis longtemps.

— Toutes les pièces sont marquées du sceau royal, dit Thass alors qu'ils arrivaient devant l'entrée du bâtiment à deux étages et au toit plat. Aucun détaillant n'a le droit d'accepter la moindre dent ou défense sans marque.

— Ce qui signifie que la contrebande doit être florissante, non? fit Blade.

Le capitaine eut son sourire à la Gengis Khan favori.

— Tu comprends vite. Le Comptoir Royal revend l'ivoire le double qu'il nous l'achète et ce commerce rapporte une petite fortune au Trésor. Comment crois-tu que Hakbar, le père de Gozlan, a pu s'offrir ses murailles en fanons de télades?

Ils entrèrent dans le bâtiment en saluant les deux gardes bardés de cuir qui surveillaient les allées et venues des pêcheurs d'ivoire.

— Donc, reprit le capitaine après s'être écarté pour laisser passer un gros homme vêtu d'une robe violette et or, inutile de te dire que les trafiquants pullulent malgré les risques. Il y a ceux qui pêchent pour leur propre compte et ceux qui attaquent de temps à autre les convois.

— Et tu n'as jamais été tenté? lui demanda Blade en baissant un peu la voix.

— Non. Je n'ai pas envie de finir pendu au gibet d'Abal avec les oiseaux carnivores en train de bouffer mon cadavre. Mais nous parlerons de tout ça plus tard. L'endroit est mal choisi, vois-tu...

Thass se faufila dans la foule qui se pressait en dépit de l'heure matinale, saluant des connaissances au passage. Le physique de Blade, qui tranchait sur celui des Eldrans, attira quelques regards, mais sans plus. Après tout, il ne devait pas être le seul étranger à fréquenter le Comptoir Royal... Les deux hommes finirent par tomber sur un fonctionnaire inoccupé qui accepta de venir évaluer la cargaison avant midi.

— Bon, fit Thass dès que l'homme eut pris le nom du bateau, il est maintenant grand temps d'aller au palais pour montrer à notre bon roi quelle terreur tu fais dès qu'on te lâche sur un bateau de pirates!

CHAPITRE VII

— Nous venons demander audience au roi Gozlan, déclara Thass à l'officier commandant le poste de garde principal du palais. C'est urgent.

Assis sur le siège de l'espèce de taxi biplace à cheval qu'ils avaient loué à la sortie de la zone portuaire, Blade jeta un regard aux murailles impressionnantes qui s'élevaient devant lui jusqu'à une dizaine de mètres de haut. On devinait parfaitement la forme des fanons qui composaient la carapace d'ivoire fixée à la pierre. Ils avaient beau être larges comme deux mains, Blade se demanda comment on avait pu en trouver assez pour recouvrir une forteresse de cette taille.

L'officier fixa Thass droit dans les yeux.

— Moi seul suis habilité à déterminer l'urgence d'une entrevue. Tu crois peut-être que le roi passe son temps à recevoir n'importe qui, hein?

Le capitaine eut un sourire en dépit de l'envie d'écraser la tête de ce vulgaire portier qui avait l'air de se croire indispensable à la survie du royaume. Du coin de l'œil, il vit les autres soldats du piquet de garde poser la main sur leur épée d'ivoire.

Le conducteur de la voiture s'en aperçut et se recroquevilla un peu sur son siège, se maudissant déjà d'avoir accepté cette course.

— Pourtant, je crois savoir que le roi attendait cette visite depuis longtemps. Va lui dire que nous ramenons Lyanar le Borgne avec nous...

L'officier ne parut pas comprendre tout de suite. Il joua avec le bout de sa moustache noire en fer à cheval puis son regard se porta vers la voiture et le cheval qui commençait à piaffer d'impatience sous le soleil. Le conducteur se fit encore plus petit.

— Si tu es en train d'essayer de me faire croire que le Sekkurien assis sur cette charrette est Lyanar le Borgne, je vais te faire passer le goût de la plaisanterie pour un moment!

Thass poussa un soupir et se tourna vers Blade.

— L'ami, amène ton panier...

Blade acquiesça sans rien dire et sauta à terre. Il se pencha derrière le siège et tira un petit panier rond contenant un paquet enveloppé dans le bout de drap grisâtre en évitant de respirer par le nez.

Quant il l'amena devant l'officier, celui-ci recula en faisant la grimace. Thass sourit et écarta le linge humide.

— Regarde comme la dernière pêche a été bonne, dit-il en tirant par les cheveux la tête puante et attaquée par la saumure. Tu comprends maintenant pourquoi je suis pressé de rencontrer le roi?

***

A l'intérieur des murs de la forteresse s'élevait une construction massive, elle aussi couverte de fanons. Elle dépassait de vingt bons mètres le haut des remparts et supportait la tour en forme de minaret au sommet de laquelle brûlait jour et nuit le brasier qui proclamait la puissance de Jondra à des dizaines de lieues à la ronde.

Des efforts avaient été faits postérieurement pour gommer l'aspect militaire de l'énorme donjon en y rajoutant des balcons, des fenêtres en ogive et des statues d'animaux fabuleux perchées comme par enchantement sur des arches de pierre noire qui tranchaient sur l'ivoire. Des étendards rouges et bleus flottaient mollement au-dessus des remparts supérieurs.

L'espace laissé libre autour du donjon était revêtu d'un dallage de pierres vivement colorées et Blade s'aperçut plus tard que l'ensemble formait des motifs qui ne pouvaient être appréciés que vus de haut.

Escortés d'une demi-douzaine de soldats casqués et bardés de cuir épais, les deux hommes et leur macabre présent traversèrent la cour au milieu de l'agitation qui y régnait. Le temps que l'officier de garde fasse passer l'information, la moitié du Palais d'Ivoire était déjà au courant que Lyanar le Borgne avait enfin payé pour ses crimes. Des hommes et des femmes richement vêtus commençaient à affluer aux fenêtres et aux balcons lorsque Blade et Thass furent priés d'entrer à l'intérieur du palais.

Celui-ci ressemblait à un édifice romain avec ses colonnes de marbre et son dallage luisant sous la lumière des innombrables lampes. Les plafonds originels, conçus pour un édifice à vocation surtout militaire, étaient juste un peu trop bas et écrasaient un peu l'ensemble. Une grande fontaine circulaire trônait au milieu du hall d'honneur.

Dès l'entrée des deux hommes et de leur

escorte, des gens tous vêtus de longues robes de couleurs vives se précipitèrent à leur rencontre par deux grands escaliers.

Soudain, une femme de haute taille et aux cheveux noirs comme du jais, tenus en place par un bandeau doré, apparut en haut de celui de droite. Immédiatement, tous ceux qui se trouvaient devant elle s'écartèrent pour la laisser passer. Elle poursuivit sa descente des marches dans le froufroutement de sa robe émeraude brodée d'argent, retenue à la taille par une mince ceinture noire. Un rubis fixé à une chaîne reposait entre ses seins opulents. Blade se demanda si, sur ce monde presque sans métaux, la chaîne en question ne valait pas au moins aussi cher que la belle pierre précieuse.

— C'est Sheann, la fille aînée de Gozlan, souffla Thass à son compagnon. On la dit aussi dangereuse qu'un nid de serpents...

Blade suivit des yeux la progression de la princesse parmi la foule des serviteurs et des nobles qui continuaient à affluer dans le grand hall. Sheann était un échantillon d'humanité superbe avec ses grands yeux sombres en amande, ses traits fins et volontaires et sa bouche pulpeuse. Le chef de l'escorte leva la main et les soldats s'arrêtèrent net. Blade et son compagnon les imitèrent et restèrent de marbre en dépit de l'odeur qui montait du panier, leur agressant les narines. Une odeur que Sheann remarqua aussitôt en fronçant ses fins sourcils.

— Par Khrest, comment pouvez-vous transporter une horreur pareille ? s'exclama-t-elle d'une voix un peu rauque qui convenait parfaitement à son physique félin.

Thass fit un pas en avant et inclina brièvement la tête.

— Votre Seigneurie, il se trouve que Lyanar le Borgne a refusé l'invitation que lui a faite mon ami ici présent de venir visiter de son plein gré les geôles de notre roi bien-aimé. Ce qui nous a contraints à cette répugnante besogne. Désirez-vous le voir ? ajouta-t-il en esquissant un geste vers le panier que tenait Blade.

— Non ! L'officier de garde m'en a déjà assez raconté comme ça ! Je déduis donc de tes paroles que c'est ton ami Richard Blade qui a expédié ce pirate en enfer ?

— Oui, votre Seigneurie, intervint Blade. Mais rien n'aurait été possible sans la témérité et le courage du capitaine Thass et son équipage. Moi, je n'ai fait que terminer le travail...

La jeune femme hocha la tête puis fit un signe à deux domestiques.

— Venez débarrasser ces hommes de leur fardeau et emportez-le dans une cave. Le roi est en train de prendre son bain et il s'occupera de tout cela dans un moment. En attendant, je vais m'occuper de nos hôtes, dit-elle en détaillant Blade d'un regard appréciateur.

— En plus d'un serpent, c'est à ce qu'on dit une dévoreuse d'hommes... murmura Thass à l'oreille de Blade. Alors, méfie-toi.

*
**

Ils n'eurent pas à patienter longtemps pour voir le roi. Sheann les avait conduits au troisième étage du palais, là où se trouvaient les appartements royaux. Les murs étaient recouverts de grandes tapisseries montrant diverses scènes de chasse et de guerre, ainsi que des animaux monstrueux que Blade rapprocha immédiatement de ceux dont il avait pu voir les ossements. Certains ressemblaient d'assez près aux reptiles préhistoriques qui avaient régné sur la Terre, la taille mise à part, bien sûr...

Précédés par la jeune femme dont la robe émeraude avait du mal à dissimuler les formes pleines, les deux hommes traversèrent un dédale de corridors pour se retrouver devant une double porte constituée de panneaux d'ivoire sculptés de symboles incompréhensibles pour Blade. Thass, quant à lui, semblait impressionné et avait perdu sa faconde. Depuis leur entrée, il ne cessait d'essayer de rajuster sa tunique, comme s'il se sentait subitement mal dans ses vêtements de plébéien.

Les deux gardes saluèrent la princesse et ouvrirent la porte. Lorsque Blade et Thass voulurent la suivre, ils leur bloquèrent le passage et les obligèrent à leur confier toutes leurs armes.

— On n'entre pas armé dans la Salle du Trône...

Sheann se retourna et leur fit signe de se dépêcher.

La salle du trône se terminait par un mur concave peint en rouge, devant lequel se trouvait une surélévation de marbre vert veiné de gris supportant le trône de Gozlan. Le souverain d'Eldran semblait aussi massif que son trône. C'était un colosse dont les mains velues bougeaient sans cesse comme deux araignées aux pattes trapues. Son visage était carré, avec un nez en bec de rapace et de gros sourcils broussailleux qui ne parvenaient pas à cacher la volonté qui se lisait dans son regard. Comme le voulait la mode masculine à Eldran, son crâne était rasé laissant apparaître une tache de naissance grosse comme une soucoupe au-dessus de l'oreille gauche.

Deux hommes âgés étaient debout aux côtés du roi. L'un était assez corpulent et la chaîne d'ivoire retenant sa robe pourpre de coupe simple avait du mal à faire le tour de son ventre. L'autre, quant à lui, avait la tenue et l'air ascétique d'un personnage qui avait voué son existence à autre chose que les plaisirs de ce bas monde. Sa peau cuivrée était aussi parcheminée que celle de son vis-à-vis était tendue.

Sous le regard de son père et de ses deux conseillés privés, la princesse traversa la salle d'un bon pas. Blade en profita pour détailler les nombreux trophées de chasse qui ornaient les murs. La présence de plusieurs têtes d'oiseaux et de reptiles approchant par la taille celle d'un buffle moyen lui donna une petite idée de la variété des bêtes féroces locales. Et de la passion qui devait animer le roi.

Une fois face au trône, Sheann se plaça légèrement sur le côté.

— Père, voici les hommes qui ont apporté la tête de cette vermine de Lyanar.

Blade et le capitaine s'inclinèrent légèrement pendant que la jeune femme les présentait.

— Je suis passé la voir avant de venir ici, dit alors Gozlan. J'aurais bien voulu pouvoir livrer ce chien sanguinaire à mes bourreaux pour qu'ils le tuent à petit feu, mais tant pis! Le principal est fait et je suis heureux de vous récompenser pour cet exploit qui nous débarrasse enfin du pire bandit qui ait jamais hanté nos océans. Jell, paye ces hommes!

Le plus gros des deux conseillers esquissa un sourire et prit un petit sac derrière le trône en bois sculpté qu'il tendit ensuite à Thass. Le capitaine ne put pas résister et son visage s'éclaira lorsqu'il vit la vingtaine de grosses billes de métal qui s'y trouvaient.

— Merci, votre Altesse! Merci!

Les yeux noirs de Gozlan se tournèrent vers Blade.

— Et toi, étranger, d'où viens-tu?

Le roi ne connaissait pas l'Angleterre, ce qui n'était pas étonnant. De toute façon, la géographie l'intéressait nettement moins que la suite de son programme pour la journée.

— Dommage que Kitai ne soit pas là, déclara-t-il au bout d'un instant en profitant d'une pause dans les explications de Blade. Ma tête brûlée de fils avait pourtant juré qu'il me ramènerait un jour Lyanar enchaîné. Il va être déçu et j'espère qu'il reviendra avant que les mouches n'aient dévoré le visage du

Borgne en haut de son piquet sur la place publique...

Gozlan se leva. Debout dans sa tenue de peau retournée rehaussée de bijoux et d'ivoire, il était impressionnant.

— Ma fille, ces hommes sont mes invités jusqu'à demain. Prends bien soin d'eux, compris ?

— Comptez sur moi, père...

Le roi eut un petit sourire entendu et leur fit signe qu'ils pouvaient se retirer.

CHAPITRE VIII

A la sortie même de la salle d'audience, alors que les gardes redonnaient leurs armes d'ivoire à Blade et au capitaine, un majordome vint à la rencontre de Sheann pour lui dire qu'une affaire urgente nécessitait sa présence à l'autre bout de Jondra. Une ombre de contrariété passa sur le visage de la jeune femme et c'est les lèvres pincées qu'elle répondit qu'elle partait sur le moment.

— Comme vous le voyez, la vie de la Cour est toujours pleine d'imprévus désagréables... J'ai bien peur qu'il vous faille trouver quelqu'un d'autre pour déjeuner avec vous tout à l'heure. Mais je serai de retour dans l'après-midi et, là, j'espère que nous aurons le temps de faire plus ample connaissance, conclut-elle en paraissant ne s'adresser qu'à Blade.

— Je plains ceux qui ont dérangé ses

plans..., grommela Thass, un peu vexé par le manège de la jeune femme.

Blade haussa les épaules.

— En attendant, nous avons gagné le gros lot. A voir la tête que tu as fait, je suppose que le contenu du sac que t'a fait remettre Gozlan doit valoir le coup, non?

Le visage du capitaine s'éclaira. Oubliée instantanément l'indifférence de la princesse.

— Et comment! Même une fois enlevée la moitié qui te revient, il me restera de quoi acheter un deuxième bateau! Tiens, regarde.

Thass recompta les vingt boules de métal et en donna dix à Blade. Sur ce monde, un vulgaire roulement à billes de camion permettrait de s'offrir au moins une petite armée privée...

— Avec ça, tu vas pouvoir continuer ton voyage sans problème, reprit Thass. En vivant dans les meilleurs établissements et en empruntant les moyens de transport les plus confortables. Fini, les barcasses qui coulent au premier grain, hein?

— Si j'étais vous, mes amis, je prendrais soin de mettre rapidement votre petite fortune à l'abri, fit alors une voix derrière eux.

Les deux hommes se retournèrent et découvrirent Jell, le conseiller bedonnant du roi.

— J'ai appris que notre chère princesse

venait de vous faire faux bond et je m'apprêtais à vous inviter à ma table. Disons que je suis semble-t-il beaucoup plus intéressé que notre roi par le récit de vos exploits. Vous voyez, ce n'est pas une invitation totalement gratuite...

« Et une bonne occasion d'en savoir enfin un peu plus sur Eldran et le reste de la planète », se dit Blade.

***

Installés en bas du donjon, les appartements de Jell occupaient un ancien dortoir à soldats de l'époque où la forteresse royale devait affronter régulièrement les assauts des pays voisins. Des rideaux de soie jaunes et noirs empêchaient les passants de regarder par les fenêtres renforcées de barreaux d'ivoire babelés. L'intérieur était meublé sobrement. De toute évidence, Jell n'était pas homme à faire dans le tape-à-l'œil.

— Habiter ici m'évite de rencontrer constamment tous les courtisans qui s'accrochent aux basques du roi, dit-il en leur faisant signe de prendre place autour d'une table ovale. S'ils le pouvaient certains iraient jusqu'à dormir couchés devant sa porte. L'ambiance est insupportable. J'ai même vu un jour un vieux noble du Nord amputé d'un bras et d'une jambe vouloir à toute force accompagner Gozlan à une chasse au dragon des marais! Tout ça pour se faire bien voir et essayer de faire entrer son fils à la Cour!

— Pourquoi n'habitez-vous pas alors en ville? demanda Blade.

Jell eut un sourire un peu las.

— Notre bon roi veut toujours avoir son petit monde sous la main. Cet endroit est ce que j'ai pu trouver de plus éloigné de sa salle d'audience...

Deux domestiques apportèrent du vin presque noir dans des carafes de cristal ainsi qu'un plateau de petits gâteaux et de fruits secs. Au même instant, un groupe de cavaliers traversa la cour du palais dans un fracas de sabots.

— Et voilà, une fois de plus le roi part à la chasse au lieu de surveiller les agissements de son fils...

— Kitaï? dit Blade.

Jell acquiesça tout en servant le vin. Il tendit leur verre à ses invités.

— A votre santé, mes amis. Et encore mes félicitations pour votre exploit. On avait sans doute beaucoup grossi les méfaits de Lyanar le Borgne mais il était devenu le symbole de la piraterie dans toute cette partie du monde. Qu'il pourrisse en enfer!

Les trois hommes trinquèrent puis Blade reposa son verre. Le vin était fort, parfumé et plutôt alcoolisé.

— Nous parlions du fils du roi Gozlan, dit-il.

— Oui, Kitaï, Notre ami le capitaine est sûrement déjà au courant des agissements de cet individu mais je doute, et j'espère, que sa réputation ait atteint ce lointain pays dont tu dis venir.

— Il est vrai que nous ne connaissons pas grand-chose du monde, approuva Blade.

— Kitaï est le frère cadet de Sheann, reprit le conseiller en croquant un gâteau. Et c'est là le problème.

— Une histoire de succession? avança Blade.

— Tout juste. Vois-tu, les femmes ont en théorie les mêmes droits que les hommes dans ce pays. Sur ce point au moins, Eldran est un peu en avance par rapport aux autres. Mais en théorie seulement. En réalité, seules des femmes au caractère aussi exceptionnel que Sheann arrivent à se hisser au-dessus de leur condition.

Blade reprit un peu de vin.

— Et Kitaï n'admet pas que ce soit sa sœur qui monte sur le trône, c'est ça? Pour lui, une femme n'a pas à occuper cette place et il complote pour trouver un moyen de s'en débarrasser...

— Tu as l'esprit vif, dit Jell en se frottant le nez. Mais Kitaï aurait trouvé un autre prétexte si Sheann avait été un homme car ce qui l'intéresse par-dessus tout, c'est le pouvoir. Il a rassemblé derrière lui tous les réactionnaires du royaume en laissant clairement sous-entendre que les choses changeraient le jour où il serait sur le trône. Il leur a même promis le rétablissement de l'esclavage que le père de Gozlan avait aboli. Et malheureusement, une partie de la population le suit.

— Et Gozlan ne fait rien pour le calmer? questionna Blade.

— Il l'a nommé gouverneur général des deux Provinces de l'Ouest, Delvin et Gandahr. Officiellement pour lui apprendre à gouverner. Mais tout le monde sait que c'est pour l'éloigner de la Cour. Sinon comment expliquer que la véritable héritière, elle, n'ait pas eu besoin de ce genre d'éducation? Je me demande si le roi n'a pas commis une grave erreur en faisant ça, car il a braqué encore plus son fils tout en lui donnant des moyens d'action accrus. Delvin et Gandahr sont la partie la plus riche du royaume après Jondra. Mais il faut dire que Gozlan se préoccupe trop de chasse et de ce que peut lui souffler la langue de vipère de Cellach. Tout ça finira mal un jour!

— Qui est ce Cellach? s'enquit Blade.

— L'aimable personnage qui était à la gauche du trône tout à l'heure, dit Thass en intervenant pour la première fois dans la conversation. C'est le devin personnel du roi et les mauvaises langues disent qu'il s'adonne à la magie noire.

— D'autres mauvaises langues font aussi courir le bruit qu'il œuvre discrètement pour Kitaï, d'autres encore qu'il serait l'âme damnée de Sheann. Mais je crois surtout que Cellach travaille pour son propre compte et qu'il passera au service du souverain qui prendra la suite de Gozlan, quel qu'il soit. A moins que quelqu'un lui ait planté une lame d'ivoire dans la gorge avant ça...

— La mort de ceux qui ont déjà essayé a été horrible... fit Thass qui venait de reprendre un peu de vin. Leurs corps étaient déchiquetés comme s'ils avaient été attaqués par une bande de fauves. Et pourtant, si je ne me trompe, ça s'est passé à chaque fois dans l'enceinte du palais et sans que personne n'entende quoi que ce soit...

— Il dit vrai, fit Jell pendant que les deux domestiques débarrassaient pour apporter le repas. La mauvaise réputation de Cellach s'est accrue d'autant et beaucoup sont persuadés qu'il est capable d'invoquer des démons pour se défendre. Mais laissons un peu de côté ces histoires désagréables, voulez-vous? Racontez-moi plutôt comment vous avez mis tous les deux fin à la carrière de Lyanar le Borgne...

CHAPITRE IX

Ils quittèrent Jell en début d'après-midi après avoir vu par la fenêtre rentrer la voiture de Sheann.

— Je crois que cette intéressante conversation touche à sa fin, avait dit alors le conseiller ventru. J'espère que nous nous reverrons et si vous avez besoin de mes modestes services, n'hésitez pas...

Une fois dans le corridor menant directement au grand hall d'honneur et à sa fontaine, Thass avait posé la main sur l'épaule de Blade.

— Ecoute, l'ami, je vais te laisser là pour l'instant. J'ai des tas de choses à faire au port et puis il faut aussi que je m'occupe de déposer ça en lieu sûr, ajouta-t-il en tapotant sa poche de poitrine contenant les billes métalliques.

— Mais la princesse voulait nous voir tous les deux, tu l'as oublié?

Un sourire éclaira le visage cuivré du capitaine.

— Cesse de faire l'imbécile, veux-tu. Tu sais très bien que Sheann ne m'accorde pas plus d'importance qu'à un domestique qui l'aurait débarrassé d'une araignée plus grosse que les autres. C'est toi qui l'intéresse, l'ami, et je suis prêt à parier n'importe quoi que tu auras visité sa chambre à coucher avant ce soir...

Il y eut un brouhaha au loin dans le palais.

— La voilà, reprit Thass. Allez, je me sauve. Prends bien garde à toi, cette femme est un prédateur!

Un instant plus tard, la grande silhouette du capitaine s'était évanouie de l'autre côté de la porte principale du palais. Blade se retourna en entendant dans son dos la voix de Sheann:

— Ah, mais je vois que notre héros est toujours parmi nous...

Son sourire entrouvrit juste assez ses lèvres gourmandes pour laisser voir un alignement parfait de dents blanches.

— Votre Altesse, le capitaine Thass, qui a dû s'absenter pour une affaire urgente, a autant droit à ce titre que moi, répliqua Blade, et...

— Je sais, je sais! s'exclama Sheann avec un petit geste de la main. Mais le capitaine appartient à mon peuple, tandis que toi tu dis venir d'une contrée dont je n'ai jamais entendu parler, même si tu ressembles à un Sekkurien. Tu dois donc avoir des tas de choses passionnantes à me raconter n'est-ce pas?

— Et vous également, Votre Altesse... Eldran est aussi un univers nouveau pour moi, ajouta-t-il en s'imaginant la tête que ferait la jeune femme si elle apprenait que c'était au sens fort du terme.

La princesse s'avança vers lui et posa la main sur son bras avec une grâce féline.

— Laissons de côté l'étiquette lorsque nous sommes entre nous, Richard Blade. Tous ces « Votre Altesse » ne sont bons que pour les parasites qui encombrent ma vie du matin au soir. Allons donc prendre un rafraîchissement chez moi...

Déjà légèrement troublé par la sensualité qui émanait de la jeune femme vêtue d'émeraude, Blade songea que Thass aurait pu parier même son bateau sans le moindre risque sur sa version de la suite des événements.

*
**

Contrairement à Jell, Sheann avait opté pour un appartement à l'étage royal situé à peu près au niveau des remparts extérieurs. Les quatre grandes pièces qui le composaient étaient lambrissées de bois rouge et noir et meublées avec un goût prononcé pour les objets incrustés d'ivoire et de pierres précieuses. Sur une commode luisante comme du verre se dressait une sculpture sur métal d'un mètre de haut représentant une femme nue en train de chevaucher un homme couché sur le dos, pieds et poings liés. Sans doute un des objets les plus coûteux du royaume. Et qui donnait une petite idée de la psychologie de sa propriétaire...

Les anciennes fenêtres étroites et facilement transformables en meurtrières en cas de brèche dans l'enceinte principale avaient été élargies et remplacées par de larges ouvertures. Les châssis mobiles supportaient de petits carreaux colorés ressemblant à des vitraux. Blade en poussa un et put jeter un coup d'œil à l'extérieur.

A une centaine de mètres devant lui s'élevaient les murailles au pied desquelles s'adossaient d'innombrables bâtiments : étables basses aux toits de bois, petits immeubles à deux étages visiblement destinés au logement du personnel et entrepôts divers. Les motifs décorant le dallage de la cour entourant le donjon de la taille d'un gros pâté de maisons donnaient, vu de haut, un aspect gai et agréable à l'ensemble.

La couche d'ivoire recouvrant le donjon s'arrêtait net le long des rebords de la fenêtre et Blade estima son épaisseur à dix bons centimètres. L'énormité de ce ravalement de façade insensé le frappa à nouveau et lui remit par la même occasion en mémoire la taille colossale des squelettes qu'il avait vus au fond de l'océan.

Blade se retourna et vit que Sheann s'était assise dans un grand fauteuil de bois. Elle avait les jambes croisées et avait discrètement relevé sa robe verte pour en dévoiler une partie. A côté d'elle, une petite table ronde supportait un service en cristal avec plusieurs carafes remplies de liquides aux couleurs chatoyantes.

— Tu as le choix, Richard Blade, dit-elle en jouant avec le rubis qui pendait sur sa poitrine. Ces alcools sont les plus fins du royaume.

— Choisissez donc pour moi, Votre..., pardon, madame. Plutôt quelque chose de pas trop doux.

Sheann hocha la tête et prit une carafe remplie d'un liquide ambré.

— Il y a une question que je me pose, comme sans doute bien des gens sur ce monde, reprit-il pendant qu'elle remplissait son verre. Comment se fait-il que tous ces animaux gigantesques qui fournissent l'ivoire aient disparu si complètement ? Nos propres savants n'ont jamais réussi à donner une explication à ce mystère, ajouta-t-il pour ne pas paraître bizarrement ignorant.

Sheann lui tendit son verre. Ses yeux brillaient d'un éclat nouveau. Presque avec la même intensité que la pierre précieuse fixée à son cou.

— Les savants de notre pays ont fait eux aussi bien des hypothèses à ce sujet... On a vraiment l'impression que ces monstres ce sont tous réunis d'un coup en d'innombrables endroits pour y mourir subitement. Bien sûr, on en trouve des isolés mais, de l'avis général, il semble qu'ils soient morts avant et de manière naturelle. Apparemment, il n'y a qu'un homme au monde qui parait certain de savoir ce qui s'est réellement passé...

— Qui ça ?

— Cellach.

Blade goûta son verre. L'alcool était très fort mais remarquablement fin. On aurait dit un bon vieux whisky d'Ecosse.

— Qui est ce Cellach ? demanda alors

Blade en voulant éviter de paraître en savoir trop.

Sheann se redressa et le regarda droit dans les yeux. Dans le mouvement, le bas de sa robe retomba. Elle ne fit rien pour le remonter.

— On m'a dit que ton ami et toi aviez déjeuné avec Jell. Ça m'étonne qu'il ne t'ait pas parlé de Cellach. Ces deux-là se détestent.

Blade fit quelques pas.

— Il a peut-être mentionné son nom comme ça, en passant, mais je ne m'en souviens pas, mentit-il. A vrai dire, il a passé son temps à nous faire raconter dans ses moindres détails notre bataille contre Lyanar le Borgne. Cela avait l'air de réellement le passionner. A mon avis, cet homme doit sûrement regretter de ne pas avoir eu une vie plus aventureuse...

Cette réflexion déclencha un petit rire chez la jeune femme.

— Les seules aventures que connait ce gros porc adipeux, il les vit avec des petits garçons ! Il a assez d'argent pour se payer tous ceux qu'il veut et mon père à la faiblesse de fermer les yeux sur ses frasques.

Décidément, Gozlan n'avait pas la réputation d'un homme à poigne en dépit de son physique de lutteur...

— Tout ça ne me dit pas qui est ce fameux Cellach, dit Blade.

— C'est le devin de mon père. Il était à ses côtés lorsque ton ami et toi avez reçu votre récompense.

Blade acquiesça.

— Je vois. Il a l'air sinistre à souhait. Le physique de l'emploi, quoi...

— Ne te moque pas de lui ! Il est très fort dans son domaine. C'est sans doute pour ça que tant de gens le détestent. Mais le jour où je monterai sur le trône, n'en déplaise à mon cher frère, j'espère pouvoir l'avoir à mon service.

— Et quelle est sa théorie sur la disparition des monstres ?

— Il dit que c'est l'œuvre de démons invoqués par les humains de l'époque qui ont passé un pacte avec eux pour se débarrasser de ces bêtes gigantesques qui semaient la terreur sur tout Basran, menaçant de les exterminer. En échange, les démons, Cellach les appelle les D'jers, ont demandé la quasi-totalité du métal qui existait dans le sol. Les humains, qui étaient très primitifs et qui ne l'utilisaient presque pas, ont accepté. C'est pour ça qu'il est si rare, maintenant. A la place, nous avons l'ivoire. Mais je me demande si nous avons fait une bonne affaire au change...

Blade évita de lui dire que si cette fable avait eu quelque chances d'être vraie, ce n'aurait pas été qu'une simple mauvaise affaire mais une véritable malédiction pour toute la planète. Un pacte diabolique par excellence qui aurait fait rêver Satan en personne.

— Donc, si je comprends bien, selon lui, ces fameux... D'jers auraient rassemblé tous les monstres en un certain nombre d'endroits pour les exterminer d'un coup et créer ainsi les gisement d'ivoire?

— Oui, c'est ce qu'il dit. Et, contrairement à tous les savants qui cachent leur ignorance derrière un mur de prudence, il a l'air absolument sûr de ce qu'il avance.

— Et vous le croyez?

Sheann haussa les épaules.

— Pourquoi pas? La seule chose qui me trouble, c'est que Khrest ait pu laisser faire une chose pareille sans intervenir...

Blade se dit que Dieu n'avait pas non plus bougé le petit doigt pour empêcher la brutale disparition du règne des dinosaures. Sauf que dans ce cas, par bonheur, la Terre n'avait pas perdu d'un coup toutes ses réserves de minerais dans l'opération...

Il s'approcha de la carafe avec l'intention de se resservir mais Sheann l'intercepta au passage et le força à reposer son verre et à venir devant elle.

— Il est très agréable de discuter avec un homme aussi intelligent que toi, Richard Blade, mais comme l'esprit, le corps a aussi besoin d'être nourri de sensations...

Elle se leva d'un seul coup et l'embrassa avec fougue. Blade fut surpris par la rapidité de l'attaque mais ne fit rien pour y résister. Le parfum de la jeune femme et l'aura de désir animal qui se dégageait d'elle éveillèrent en lui un feu dévorant.

Sheann s'écarta et le considéra d'un air appréciateur.

— Tu es bien bâti, Richard Blade. Tu es beau et tu vas être à moi.

Elle fit deux pas en arrière et défit le bandeau doré qui retenait ses cheveux. Une véritable crinière de jais coula en cascade sur ses épaules. Puis elle porta la main à son épaule gauche et fit sauter l'agrafe qui retenait le tissu. Lorsqu'elle eut répété l'opération à droite, le haut du vêtement émeraude brodé d'argent tomba d'un seul coup jusqu'à la taille, révélant une poitrine somptueuse et ferme sur laquelle le rubis brillait comme une énorme goutte de sang. La jeune femme se caressa les seins jusqu'à ce que leurs bouts deviennent durs et proéminents.

— Sais-tu que c'est un honneur particulièrement convoité de faire l'amour avec moi ?

« Si on en croyait Thass, c'est aussi un honneur particulièrement répandu », songea Blade. Mais il était difficile d'en vouloir à tous ceux qui n'avaient pu résister à la tentation.

Il s'approcha d'elle, posa les mains sur ses épaules et les laissa descendre sur les seins aux larges aréoles brunes. Sheann ferma les yeux lorsqu'il entreprit de les caresser doucement.

— Continue, c'est bon...

Blade passa derrière elle et, tout prenant les seins dans ses mains en coupe, se mit à lui embrasser le cou et à lui mordiller le bout de l'oreille. La respiration de la princesse s'accéléra. Un instant plus tard, la main droite de Blade descendit sous le repli de tissu au niveau de la taille et défit la mince ceinture noire. La robe tomba alors d'un seul coup aux pieds de Sheann.

La main de Blade se posa sur le ventre plat et effleura la peau cuivrée jusqu'à ce que Sheann ait presque la chair de poule. Lentement, elle descendit ensuite et finit par se perdre dans la toison bouclée qui surgissait d'entre les cuisses.

Sheann poussa un profond soupir. Puis elle

se raidit lorsqu'elle sentit un doigt s'insinuer dans son sexe. Elle laissa faire quelques secondes puis se libéra des bras de Blade pour lui faire face, les yeux étincelants et la bouche entrouverte. Tout en vrillant son regard dans le sien, elle posa le bout de sa langue sur ses lèvres pulpeuses.

— N'oublie pas que désormais, tu m'appartiens...

Blade ne répondit rien. Elle posa alors les mains sur ses épaules et le repoussa en arrière jusqu'à ce que ses seins cognent contre la commode luisante comme du verre sur laquelle s'élevait la statue érotique.

Là, elle dégrafa rapidement le ceinturon et le laissa tomber. Les armes d'ivoire émirent un bruit sourd en cognant contre le tapis, Sheann tira ensuite vers le haut la tunique et obligea Blade à lever les mains pour l'enlever. Le vêtement alla rejoindre les armes par terre. Sheann se pencha et fit courir sa langue sur la poitrine et le ventre de Blade.

Au bout d'un instant, et sans cesser de titiller les nerfs de son nouvel amant, elle caressa le haut du pantalon et sourit en sentant le sexe durci qui appuyait contre la toile.

— Je vois que les héros ne sont pas de bois..., murmura-t-elle en s'attaquant aux boutons fermant le pantalon.

Lorsque celui-ci tomba à son tour, elle s'empara du membre dressé de Blade et se pencha pour poser ses lèvres dessus. Blade inspira profondément. Son corps s'arqua légèrement en arrière et il sentit soudain le froid du métal de la statue érotique contre son dos. Il eut beau se souvenir de l'homme pieds et poings liés, rien n'y fit. Il était bel et bien prisonnier de Sheann. Et un prisonnier consentant...

La bouche de la jeune femme emprisonna le gland maintenant presque aussi rouge que le rubis qui pendait contre le ventre de Blade. La langue se mit à le butiner à toute vitesse comme une abeille de chair, s'activant tout particulièrement aux endroits les plus sensibles. Blade sentit toutes les fibres de son corps se tendre à craquer et une boule brûlante gonfler à l'intérieur de son ventre. Il tenta de résister pour profiter le plus longtemps possible de cet instant de délicieuse torture mais la boule se transforma soudain en une explosion impossible à contenir.

Sheann eut un sursaut lorsque Blade explosa dans sa bouche mais ses lèvres ne s'ouvrirent que quand elle eut dégluti plusieurs fois de suite. Elle lécha le membre encore taché de semence puis se redressa et embrassa Blade.

— Maintenant, c'est à toi de venir en moi, dit-elle d'une voix devenue rauque. Tout de suite!

Elle l'attira à nouveau contre elle et Blade sentit de nouvelles forces revenir en lui. Sheann était belle et son corps cuivré frémissait de désir. Son sexe déjà redressé entra en contact avec la toison fournie de la jeune femme. Un contact chaud et irrésistible.

Il venait juste de commencer à pétrir les fesses musclées de Sheann lorsque des coups furent frappés à la porte de l'appartement. La princesse poussa un feulement de dépit et s'écarta de Blade.

— Par Khrest, je ferai étriper celui qui m'aura dérangée pour rien! s'exclama-t-elle avec colère.

Une voix de femme angoissée lui répondit derrière le panneau de bois sculpté.

— Votre Altesse! Un drame horrible vient de se produire! Le roi vient d'avoir un accident de chasse. Il est mourant!

CHAPITRE X

Allongé sur un grand lit à baldaquin, Gozlan était en train de vivre ses dernières heures en ce bas monde. Blade avait vu trop de gens mourir dans bien des univers pour ne pas en être sûr au premier coup d'œil. Une douzaine de personnes se tenaient l'air hagard, tout autour des murs de la chambre, suivant des yeux chaque mouvement de Cellach, qui semblait ajouter à sa fonction de devin celle de médecin du roi.

Sheann se précipita vers son père. Personne ne fit attention à Blade. Tout en se rhabillant à la hâte, la jeune femme lui avait dit de venir avec elle et il s'était empressé de la suivre. Quelque chose lui soufflait que la situation politique tendue n'allait pas tarder à exploser pour de bon et que, comme d'habitude, il allait encore se retrouver aux premières loges. Dans quel camp, il n'en savait rien, même si la légalité semblait être du côté de Sheann.

Cellach laissa la jeune femme se pencher sur son père dont la tête disparaissait sous une couche de bandages sanglants. Des larmes coulèrent le long des joues cuivrées, emportant avec elles une partie du maquillage.

— Comment est-ce arrivé? jeta Sheann sans relever la tête. Comment?

Un homme en tenue de chasse s'avança.

— Dans une déclivité, le sol a cédé sous les pas du cheval du roi, Votre Altesse. La bête a perdu l'équilibre et s'est couchée sur le flanc. Et la tête du roi a frappé si violemment contre un rocher que son casque s'est détaché...

Cellach tira la princesse par le bras.

— Votre Altesse, lui dit-il après l'avoir emmené à l'écart, l'os du crâne a été fracturé en plusieurs endroits et des esquilles ont probablement pénétré dans le cerveau. A mon humble avis, votre père est perdu et il ne nous reste plus qu'à nous en remettre à Khrest pour qu'il ne souffre pas trop.

Sheann le considéra avec un regard où les larmes n'avaient pas pour autant éteint la lueur de détermination qui l'habitait en temps normal.

— Ne compte pas trop sur Khrest, murmura-t-elle, il ne s'est jamais montré très empressé dans ce genre de circonstance. Fais plutôt appel à tes talents pour adoucir les dernières heures du roi si tu ne peux pas faire autre chose. Quand je monterai sur le trône, je serai obligé d'élever une tour de plus à la gloire de notre Dieu, mais c'est à toi que je ferai appel pour m'aider à résoudre les affaires du royaume, pas à Khrest!

— La confiance de Votre Altesse me remplit de fierté, dit Cellach en inclinant sa tête au crâne ridé. Vous pouvez compter sur moi.

— Je vois que notre grand sorcier national est déjà en train d'assurer son avenir... fit une voix à l'oreille de Blade.

Celui-ci détourna le regard et vit que Jell venait de se glisser à son tour dans la chambre. Le gros homme avait l'air préoccupé.

— Au moins, vous savez maintenant pour qui il marche! lui répondit Blade.

— J'aurais pourtant bien cru qu'il aurait choisi Kitaï. Enfin, ça ne change pas grand-chose au problème qui ne va pas tarder à se poser. Kitaï a de quoi lever une armée personnelle dans les deux provinces qu'il gouverne et les soldats de Jondra n'ont pas connu de combat depuis longtemps. Je suis pratiquement sûr qu'il va tenter un coup de force. En montant ici, j'ai d'ailleurs entendu une femme raconter qu'un messager était déjà parti pour Gandahr afin de l'avertir de l'accident de son père. Ce qui veut dire qu'en crevant ses chevaux sous lui, il sera là dans moins de quatre jours.

— C'est là que tout va se jouer. Et vous, vous êtes de quel bord ?

Jelli fit la grimace.

— De celui de la légalité. Sheann est plus capable de diriger ce royaume que la plupart des hommes qui s'y trouvent. Mais j'aimerais que cela se fasse sans effusion de sang et que Kitaï fasse la paix avec sa sœur.

Blade hocha la tête tout en observant Sheann. La jeune femme semblait réellement chagrinée mais on la sentait déjà en train de mettre un plan d'urgence en place. Elle aussi savait que l'heure de la crise avait sonné.

***

Gozlan mourut cinq jours plus tard, par une matinée pluvieuse et triste. L'infection, accélérée par la chaleur, avait fini par venir à bout des dernières défenses de l'organisme pourtant puissant du roi d'Eldran. Il n'avait pas repris conscience, sans doute à cause de l'effet des potions calmantes concoctées par Gellach pour lutter contre la douleur.

Kitaï était arrivé la veille escorté par des cavaliers de Gandahr à la peau presque brune et aux traits moins mongoloïdes que ceux des habitants de la région de Jondra.

C'était un bel homme de grande taille mais aux muscles plutôt fins et déliés qui devaient avoir la dureté de l'acier. Il arborait une moustache noire fournie, mais pas assez pour dissimuler le trait de sa bouche. Une dureté qu'on retrouvait dans la ligne de sa mâchoire, dans l'angle de son nez et dans ses yeux sombres embusqués sous des sourcils à la pointe extérieure légèrement relevée vers le haut. Tout comme son père, Kitaï était affligé d'une marque de naissance, mais de plus petite taille, au-dessus de l'oreille gauche.

Blade avait suivi tout cela de l'intérieur du palais grâce à Jell. Le gros conseiller avait sympathisé avec lui et l'avait fait installer dans une suite inoccupée à l'intérieur de l'énorme donjon recouvert d'ivoire. Blade avait même hérité d'un domestique nommé Chenk, un petit homme âgé, au dos un peu tordu par une ancienne scoliose, mais qui semblait être au courant de tout ce qui se passait dans le palais. Un choix certainement pas innocent de la part de Jell.

— Votre ami le marin est là, maître, fit Chenk avec un sourire en créneau qui accentua encore son allure de gnome.

— Fais-le entrer.

Thass s'encadra dans la porte.

— Par Khrest, ça me fait plaisir de te revoir, l'ami ! Un moment j'avais cru que la fréquentation de la haute société t'avait fait oublier ton vieux camarade...

Blade sourit et lui fit signe de s'asseoir.

— Un peu de vin ? J'ai aussi de cette bière noire que tu sembles affectionner.

— Va pour la bière. Alors, poursuivit Thass tout en surveillant la montée du liquide sombre dans son verre, on dirait qu'il va y avoir du grabuge, non ? On m'a dit que Kitaï était arrivé hier...

— En effet. Et ça n'a pas traîné. Sheann et lui ont failli se battre dans la chambre de leur père mourant. Cellach est passé du côté de la princesse, ce qui n'a pas contribué à calmer Kitaï. A mon avis, il comptait sur le devin.

— Et notre ami Jell ?

Blade montra les pièces richement meublées.

— Je lui dois tout ça. C'est un homme sympathique même s'il est, paraît-il, très porté sur les petits garçons. Je crois qu'il est le seul dans tout ce fichu palais à vouloir tenter une solution négociée pour éviter la guerre civile.

— Et il a tout le monde sur le dos, dit Thass

en essuyant du revers de la main la mousse qui s'était déposée sur sa moustache.

— C'est à peu près ça. J'avoue que je me fais du souci pour lui et c'est pour cette raison que je t'ai demandé de venir. Pourrais-tu garder *La Perle des Mers* prête à partir à tout moment au cours des jours à venir?

— Tu voudrais que Jell puisse s'esquiver en vitesse si ça chauffait trop pour lui?

— Exactement, dit Blade en sortant deux billes de métal de sa poche. Tiens, prends déjà ça pour compenser la perte de ta prochaine sortie de pêche à l'ivoire...

Thass repoussa la main tendue.

— Cesse de me faire honte, l'ami, et garde ton argent. Tu as l'air d'oublier que si nous avons touché cette petite fortune, c'est parce que tu es allé couper la gorge de Lyanar sur son propre bateau... Alore, *La Perle des Mers* est à ta disposition tant que tu le voudras. Je compte d'ailleurs acheter un autre bateau un peu plus petit et j'enverrai Harst chercher de l'ivoire pour continuer à faire tourner les affaires.

Blade rempocha ses billes métalliques.

— Tout ça mérite bien un deuxième verre, non? dit-il en leur resservant de la bière.

*
**

L'enterrement de Gozlan eut lieu deux jours plus tard en présence de tous les hauts dignitaires du pays, dont certains étaient arrivés moins d'une heure avant le début de la cérémonie.

La longue procession suivant le char à quatre roues qui transportait le sarcophage d'ivoire traversa lentement toute la capitale, au rythme d'un chant funèbre scandé par des centaines de femmes revêtues de noir. Le sarcophage était recouvert d'une profusion de grandes fleurs rondes et violettes des marais, aux pétales veloutés. La foule, silencieuse, suivit le convoi jusqu'à la nécropole royale sise sur une colline verdoyante à l'est de Jondra et dominée par une tour à la gloire de Khrest.

La dalle du tombeau venait tout juste d'être refermée qu'une nouvelle altercation éclata entre Sheann et son frère.

Kitaï repartit de Jondra aussi vite qu'il était venu et tout le monde sut que la guerre civile n'allait pas tarder à éclater.

CHAPITRE XI

— C'était bon...

Sheann s'étira et un rayon de soleil caressa son corps nu, semblant hésiter à la lisière du triangle bouclé qui ornait son bas-ventre.

— Il y avait longtemps qu'un homme ne m'avait pas fait l'amour comme ça, poursuivit-elle comme Blade ne répondait rien. A vrai dire, je me demande même si ça m'est arrivé un jour.

Blade eut un bref sourire en se demandant à combien d'amants elle avait déjà dit la même chose. Il posa sa main sur le sein droit de la jeune femme. Ses doigts jouèrent un instant avec le bout jusqu'à ce qu'il redevienne dur. Sheann poussa un soupir frémissant.

— Il est l'heure de se lever, annonça Blade soudain. J'ai bien peur que vous n'ayez guère de temps à consacrer aux plaisirs de l'existence au cours des prochains jours...

Ce brusque rappel de la situation glaça instantanément la nouvelle reine d'Eldran. Elle s'assit dans la position du lotus sur le lit et fixa Blade. Celui-ci eut du mal à ne pas laisser son regard se perdre dans les chairs tendres que la toison noire ne parvenait pas à dissimuler complètement.

— J'ai pris une décision à ton sujet, déclara-t-elle sur un ton subitement sérieux.

Blade fut instinctivement sur ses gardes. On pouvait s'attendre à tout de la part d'une pareille panthère.

— Et laquelle?

Sheann posa la main sur son épaule.

— Deux décisions, en fait. Premièrement, je t'interdis d'aller offrir tes faveurs à une autre que moi. Et, deuxièmement, je vais faire de toi le commandant d'une de mes armées. Elles ne sont pas très importantes mais tant pis... Tu acceptes?

Blade s'assit à son tour, un pied en dehors du lit.

— Ai-je vraiment le choix?

— Pas vraiment, rétorqua Sheann sans la moindre trace d'humour dans la voix.

— C'est bien ce que je pensais. En fait, votre première décision ne me sera guère pénible à supporter... Par contre, j'avoue être surpris par la confiance militaire que vous m'accordez. Que savez-vous de moi pour m'offrir un pareil poste de responsabilités?

Sheann déplia ses jambes et se rapprocha de lui.

— Aucun de mes officiers n'aurait été capable ni de concevoir, ni d'exécuter, le plan que tu as mené à bien pour rapporter la tête de Lyanar le Borgne à mon père. Tu as le sens du combat, Richard Blade, et je suis certaine que tu n'es pas un simple voyageur victime d'un naufrage. Je parierai même que tu as déjà été soldat ou officier dans l'armée de ce fameux royaume d'Angleterre dont tu dis venir et que personne ne connaît par ici...

Blade sentit qu'il valait mieux ne pas trop faire dériver la conversation sur le sujet glissant de ses origines.

— A vrai dire, je vous ai menti. En réalité, il y a très longtemps que j'ai quitté l'Angleterre et j'ai été mercenaire dans plusieurs pays comme Sekkur, la Confédération Talienne et le Makdar de Dredh, ajouta-t-il en utilisant certains renseignements sur Basran glanés ces derniers jours pour faire plus vrai. Et il m'est arrivé, en effet, de commander jusqu'à cinq mille hommes dans une bataille...

Sheann le considéra sans rien dire tout en hochant légèrement la tête.

— Mon instinct ne m'avait donc pas trompé... C'est parfait. Mais, je dois t'avertir qu'aucune de nos armées n'atteint malheureusement cinq mille hommes et que nos soldats, trop habitués à la paix, sont loin d'être des foudres de guerre.

Blade se leva et passa dans la salle de bains où des domestiques, entrés par une porte dérobée, venaient de remplir la baignoire d'ivoire d'eau parfumée. Sheann le rejoignit presque tout de suite.

— Je voudrais toutefois poser une condition, déclara Blade en lui tendant la main pour l'aider à entrer dans l'eau chaude et odoriférante. Je veux choisir moi-même les hommes que je commanderai.

— Accordé! Mais je sens que ça ne va pas plaire à notre bon vieux général Gost...

*
**

Sheann ne s'était pas trompé: le général Gost détecta immédiatement en Blade un fauteur de troubles potentiel au sein du train-train dans lequel s'était installée son armée depuis des années de paix ininterrompue.

De son côté, Blade comprit vite que Gost avait eu son poste uniquement en raison des talents d'intrigants de certains membres de sa famille très en vue à la cour sous le règne de Gozlan.

C'était un vieillard de taille moyenne, à la figure ridée par de véritables *canyons* en miniature qui lui conféraient une apparence de tête de cadavre momifiée par le soleil du désert. Un nez un peu tordu et un regard faux complétaient ce portrait guère flatteur. Et, comme tous les parasites de la cour, il affectionnait les vêtements chamarrés et les manières prétentieuses. Si Kitaï avait deux sous de jugeote et des soldats tant soit peu vaillants, l'armée loyaliste se ferait balayer comme une meule de foin prise dans une tornade.

Sheann avait organisé une réunion en comité restreint à laquelle n'assistaient que Blade, Jell, Cellach et le général. Dès son arrivée, Blade avait senti que le gros conseiller serait son seul allié. Cellach, lui, le considérait à la dérobée avec un regard qui ne trompait pas: Blade n'était qu'un vulgaire mercenaire étranger qui avait su exploiter ses prouesses sexuelles pour prendre du galon. Quant la nouvelle reine, elle avait l'air de s'amuser intérieurement à la vue du mélange explosif qu'elle venait de concocter dans un espace aussi réduit.

— Messieurs, déclara la reine en désignant la table carrée qui se trouvait devant eux, vous avez ici la carte la plus précise du royaume que nous ayons pu trouver dans nos archives. J'aimerais que vous la consultiez avant que nous n'entamions la discussion.

Cellach fit celui qui n'avait pas besoin d'un vulgaire parchemin pour savoir ce qui se passe et se contenta d'un vague coup d'œil. Blade et les deux autres s'approchèrent de la table.

La carte était dressée sur un montage de feuilles de parchemin épais et ressemblait à un portulan médiéval soigneusement exécuté. On y voyait la totalité d'Eldran plus une partie de l'océan et des pays limitrophes au nombre de trois : le royaume de Lasch, celui de Brani et une mosaïque de principautés regroupées sous le nom général d'Alliance d'Arga.

Les deux provinces gouvernées par Kitaï, celle de Delvin et celle de Gandahr, du nom de leurs capitales respectives, se trouvaient à l'ouest d'Eldran et n'avaient de frontières qu'avec l'Alliance d'Arga. A elles deux, elles couvraient un gros tiers du territoire du royaume et Blade comprit ce que Jell voulait dire lorsqu'il affirmait que feu le roi Gozlan avait fait preuve d'un manque de discernement en les cédant quasiment à son fils. Avec un fleuve appelé Vangpo pour frontière intérieure, elles formaient un véritable Etat dans l'Etat. La seule chose qui leur manquait était un débouché sur l'océan.

En dehors de celle de Jondra, trois autres provinces, les plus modestes de toutes, se partageaient le reste du pays. Leurs capitales, Loma, Angado et Dist, apparaissaient sur la carte comme des agglomérations de second ordre.

— Quelles sont vos relations avec les pays voisins ? demanda immédiatement Blade. Kitaï peut-il espérer établir une alliance avec l'un d'eux ?

Gost lui jeta un regard vaguement méprisant.

— Avant d'accepter de commander une armée, tu aurais pu te renseigner sur notre pays, dit-il en insistant sur « notre ».

— Général, Richard Blade a réussi en un tour de main ce que les hommes de notre marine n'ont jamais réussi à faire en des années ! jeta Sheann avec son sens particulier de la diplomatie. Cessez donc de lui chercher noise et collaborez avec lui... Je serais désolée de devoir me passer du concours d'un homme de votre expérience en ce moment critique, ajouta-t-elle, cependant, pour adoucir son précédent propos.

— Bien, Votre Altesse, grogna le vieil homme sans que Blade puisse déterminer s'il était dupe ou non du compliment.

— Personne n'aidera Kitaï, dit Jell pour répondre à la question de Richard Blade. L'Alliance a de gros problèmes de cohésion interne et les deux autres sont pacifiques. Je te rappelle que la paix règne dans la région depuis longtemps.

Blade plissa les yeux en fixant la carte. Son regard s'attarda sur les abords du Vangpo. Le fleuve coulait dans une vallée dissymétrique. Du côté des provinces de Kitaï, s'élevaient des falaises et, de l'autre, un simple suite de hauteurs arrondies. Pas de doute possible, le Vangpo était une véritable frontière à lui tout seul.

Blade posa le doigt sur la série de petites localités qui parsemaient le bord du fleuve.

— Il faut empêcher Kitaï de traverser le Vangpo. Il faut masser des troupes dans toutes ces agglomérations et y installer le maximum de batteries d'arbalètes possible.

— Comment ça, des arbalètes ? fit Gost en relevant un sourcil.

— Des arbalètes comme celles qui sont sur vos navires de guerre. C'est le seul moyen de couler les bateaux de Kitaï s'ils s'avisent de tenter une attaque en traversant le fleuve.

— Mais il faudrait des milliers de ces arbalètes pour couvrir une pareille longueur de front..., objecta Jell. Et nous n'avons pas le dixième dans tout le royaume.

Blade se frotta le menton en réfléchissant à ce problème. Puis son visage s'éclaira d'un sourire malicieux :

— Eh bien, nous ferons avec ce que nous avons. Et au lieu de les mettre en batteries fixes, nous en ferons des unités mobiles capables d'intervenir rapidement là où il le faudra...

— Tout ça ne me dit rien de bon, fit Gost en haussant les épaules. On ne s'est jamais battus de cette façon et nous allons au devant de gros ennuis. Ce qu'il faut faire, c'est monter une expédition punitive avec le gros de notre armée et foncer droit sur Delvin et Gandahr pour les assiéger. Dès qu'elles seront tombées, Kitaï sera obligé de se rendre. C'est l'enfance de l'art de la guerre...

Blade se redressa, l'air excédé.

— Si je puis me permettre, général, il faut protéger nos arrières et constituer une ligne infranchissable le long du fleuve pour empêcher Kitaï de s'enfuir. Imaginez un peu qu'il échappe à votre expédition punitive et qu'il se retrouve sous les murs de ce palais pendant que vous assiégez les capitales de ses deux provinces. Donc, tout en attaquant par le sud de la province de Gandhar, c'est-à-dire par la seule région dépourvue de montagnes, il faut fermer la nasse le long du Vangpo, jusqu'à la frontière avec l'Alliance d'Arga. D'où l'utilité de mon système d'escadrons d'armes lourdes capables de se déplacer rapidement.

— Bon, puisque vous y tenez tant, vous n'aurez qu'à vous occuper vous-même de votre lubie pendant que j'irai faire rendre gorge au félon, dit Gost en se dressant avec dignité dans ses habits de courtisan. Qu'en pensez-vous, Votre Altesse ?

Sheann observa les deux hommes puis s'avança vers eux.

— Acceptes-tu la proposition du général, Richard Blade ?

Blade réfléchit une poignée de secondes puis hocha la tête.

— Cette histoire de défense du fleuve est trop importante pour la laisser à un amateur. Mais je demande carte blanche pour me procurer tout ce dont j'aurai besoin pour la mettre en place. Y compris le choix des hommes, bien sûr, comme nous en avons déjà convenu ensemble, Votre Altesse...

Le général Gost se raidit en entendant cela et la vieille peau ridée se tendit sur ses mâchoires, accentuant encore un peu plus sa ressemblance avec une momie.

— Alors, tout est pour le mieux, déclara la reine en se dirigeant vers la porte. Et n'oubliez pas de me tenir au courant heure par heure.

Le général et Cellach quittèrent presque tout de suite les lieux.

— Tu t'es fait un ennemi redoutable, dit Jell.

— Redoutable, sans doute, en ce qui concerne les intrigues de la cour mais on verra ce qui se passera une fois qu'il aura pris une raclée en fonçant tête baissée dans le repaire de Kitaï... En attendant, je vais avoir besoin de votre aide, maître Jell. Et de celle de mon ami le capitaine.

CHAPITRE XII

Le lendemain soir, Blade avait ce que Sheann appelait son armée personnelle. Et ce que Gost, qui aurait dû passer un peu moins de temps au palais et un peu plus dans les casernes, aurait appelé une bande de crapules sans foi ni loi. Thass et lui avaient passé presque vingt-quatre heures d'affilée à écumer tous les régiments disponibles dans un rayon de plusieurs dizaines de kilomètres autour de Jondra pour y dénicher tous ceux qui semblaient animés d'une authentique combativité.

Une besogne épuisante qui n'aurait pu être menée à bien sans le concours de Jell et du capitaine. Tout comme Blade, Thass avait l'œil et, sans le connaître, avait compris depuis longtemps l'axiome de Greg Boyington voulant qu'une tête brûlée prise dans le sens du poil valait mieux que dix soldats de base, même animés des meilleures intentions.

Blade les avait réunis sur un terrain à la lisière de la Cité d'Ivoire. Ils étaient à peine deux mille et ressemblaient à une bande de mercenaires bigarrée. Il faut dire que chaque régiment de l'armée eldranne avait son uniforme particulier et que toute notion de camouflage était absente dans les forces armées. Blade eut l'impression que quelques années de paix supplémentaires auraient conduit à l'abandon pur et simple du cuir renforcé au profit des tissus chamarrés des uniformes de parade.

Blade monta sur la petite estrade qu'il avait fait ériger en hâte et fit signe aux officiers de mettre leurs hommes au repos. Thass et Jell restèrent au pied de l'estrade.

— Messieurs, commença-t-il d'une voix tonnante, vous savez comme moi ce que vaut l'armée de votre pays. C'est pour ça que j'ai décidé de vous en extraire pour former deux régiments. A partir d'aujourd'hui, vous ne recevrez des ordres que de moi seul. C'est une décision de votre nouvelle souveraine, laquelle compte particulièrement sur vous, au point d'ailleurs de vous octroyer double solde!

Une vague de murmures approbateurs traversa les rangs et Blade sentit qu'il tenait le bon bout.

— Mais cette solde, il va falloir que vous la gagniez! La plupart d'entre vous étaient considérés comme des brebis galeuses dans leurs unités respectives, officiers compris...

Un rire général interrompit Blade qui laissa faire tout en affichant un sourire de connivence.

— Donc, disais-je, je n'admettrai aucun manquement à la discipline. Ceux qui s'amuseraient à ça risquent fort de finir comme Lyanar le Borgne, si vous voyez ce que je veux dire... Dorénavant, vous êtes là pour vous conduire comme des troupes de choc, et même, si possible, comme des héros. Et lorsque le droit aura triomphé, vous serez traités comme tels, vous avez ma parole. Des questions ?

Un des officiers s'avança d'un pas.

— Seigneur, on a entendu dire que nous aurions droit à de nouvelles armes...

Blade leva la main.

— Tout d'abord, il n'y a pas de « seigneur » qui tienne. Je vous ai dit que vous aviez quitté l'armée régulière et je ne suis que votre commandant. Nous ne sommes pas à la cour, d'accord ?

Il y eut un autre murmure amusé.

— Bien. Oui, vous aurez des armes spéciales mais qui ne sont nouvelles que pour le royaume d'Eldran. Grâce à l'appui du conseiller Jell, ici présent, nous avons pu acquérir des chars à deux roues sur lesquels vont être montés toutes les grosses arbalètes que nous avons pu trouver et que serviront des tireurs de la marine de guerre sélectionnés par le capitaine Thass que vous connaissez déjà. Si nous avions eu plus de temps, j'aurais essayé de faire construire des modèles plus petits pour chacun d'entre vous. Mais Kitaï, le prince félon, semble trop pressé de nous attaquer pour ça...

Blade répondit ensuite à d'autres questions puis fit signe que la rencontre était terminée après avoir annoncé que les deux régiments devaient être prêts à partir le lendemain à l'aube.

— L'ami, j'aurais voulu voir la tête du général Gost s'il avait entendu ça, sourit Jell lorsque Blade redescendit de l'estrade.

— Rassure-toi, il a certainement des espions dans le coin qui vont s'empresser de lui rapporter mon petit discours...

— Un discours guère diplomatique.

— Oui, mais c'est le seul langage que ce genre d'hommes comprenne. Crois-moi, j'ai une bonne expérience en la matière.

— Au fait, tu ne m'avais pas prévenu pour la double solde...

Blade lui posa la main sur l'épaule.

— Mon ami, ce n'est pas à toi, le responsable des finances du royaume, que je vais apprendre qu'il faut toujours mettre le prix pour avoir ce qu'il y a de mieux.

*
**

Jell laissa à peine le temps à Chenk de lui ouvrir la porte et déboula dans l'appartement de Blade au moment où celui-ci était en train d'essayer son armure de cuir renforcée de plaques d'ivoire sur la poitrine et sur le ventre.

— Un problème? demanda Blade.

— Assurément!

Les doigts tremblants, Jell déroula la carte qu'il avait à la main et la posa sur la table. C'était une copie réduite de celle qu'il avait consultée deux jours plus tôt.

— Kitaï est en train de nous prendre de vitesse!

— *My God!* Pardon, je veux dire: mauvaise nouvelle!

— Je viens de recevoir le rapport d'un espion de toute confiance que j'avais à Gandahr. Kitaï monte actuellement une ligne de défense traversant la plaine au sud de la province, là où Gost veut lancer le gros de ses troupes.

— C'était prévisible. Il n'y a que notre imbécile de général pour ne pas l'avoir pressenti...

— Exact, l'ami. Mais il y a plus grave. Mon agent m'assure que Kitaï veut également prendre les devants et attaquer ici.

Jell posa son doigt sur un petit port fluvial du nom de Dansk, installé en face d'une vallée perpendiculaire qui s'enfonçait dans le haut-plateau couvrant la partie ouest de la province rebelle.

— D'après mon homme, il compte tout d'abord envoyer quelques régiments pour prendre Dansk et installer une tête de pont destinée à ouvrir le passage à une armée plus puissante qui se présentera le lendemain, Dansk n'a pas la moindre fortification et ce n'est pas la poignée de soldats qui s'y trouve qui résistera longtemps.

— Tu es sûr de ton agent? Il semble presque trop bien renseigné.

— Ripp est comme mon fils adoptif. Je l'ai recueilli dans le ruisseau et je m'en suis occupé jusqu'à ce qu'il soit adulte. Il donnerait sa vie pour moi...

Blade réfléchit un instant. Son expérience lui disait qu'il était risqué de se fier à ce genre d'information sans la faire recouper. Mais, d'un autre côté, le temps jouait contre eux et, en partant immédiatement, ils en auraient juste assez pour rejoindre Dansk avant que les troupes de Kitaï ne traversent le fleuve.

Jell devina ses pensées.

— C'est un coup de dé, l'ami, mais comme il nous faut renforcer de toute urgence les garnisons le long du Vangpo, tu ne prends finalement pas un aussi grand risque que ça. Si mon agent s'est trompé, les conséquences ne seront pas trop graves.

Blade acquiesça et ramassa son baudrier. Il l'enfila et y passa ses armes d'ivoire. Il s'arrêta devant son miroir pour ajuster l'ensemble et trouva qu'il avait assez fière allure dans son nouvel uniforme.

— Il va quand même falloir changer un peu nos plans, dit-il.

— Sur quel point? demanda Jell tout en enroulant sa carte.

— Mes deux régiments ne suffiront pas à contenir une attaque importante, d'autant plus que je serai obligé d'en envoyer une partie pour patrouiller avec les chars le long du fleuve. Il va falloir que j'emprunte deux ou trois mille hommes au général Gost...

Jell émit un soupir:

— Cela va être la bataille la plus difficile.

Blade se tourna vers le conseiller.

— Il le faudra bien pourtant. La reine m'aidera, et puis, après tout, ne m'as-tu pas dit qu'il va se faire bloquer au sud de Gandahr ?

CHAPITRE XIII

Trois jours plus tard, après une épuisante marche forcée sous un soleil de plomb qu'aucun nuage n'était venu atténuer, le gros de la troupe, commandé par Thass et un officier délégué par le général Gost, arriva en vue de Dansk. Blade, lui, était parvenu à destination la veille avec deux cents cavaliers armés jusqu'aux dents et une centaine de chars bricolés à la va-vite mais dont les arbalètes n'avaient rien perdu de leur efficacité.

Il avait fallu toute la fermeté de Sheann pour contraindre Gost à céder les trois mille hommes dont Blade avait besoin. Le général n'avait pas cru un mot des renseignements donnés par l'agent de Jell et Cellach était resté une nouvelle fois muré dans un mutisme quelque peu dédaigneux. Enveloppé dans son superbe uniforme d'opérette, Gost n'avait pas compris que la partie qui le concernait, c'est-à-dire la ligne de défense dans la plaine sud de Gandahr, était frappée du coin du bon sens et que le seul à prendre un véritable risque, c'était Blade.

Il avait fini par donner son accord lorsque la reine lui avait fait clairement comprendre que, à la moindre tentative de résistance supplémentaire de sa part, sa carrière s'arrêterait là. La seule chose qu'il avait obtenue était qu'un de ses proches, un certain Ordan, ait le commandement des régiments d'infanterie détachés auprès des têtes brûlées de Blade.

— Il a l'air aussi stupide que son maître, avait murmuré Thass à l'oreille de Blade.

— Ce qui constitue un record en soi, tu ne trouves pas?

Dansk était un port d'une demi-douzaine de milliers d'âmes vivant pour la plupart dans des maisons basses en bois. Les habitations étaient regroupées autour d'une place centrale et les seuls édifices qui égayaient cet océan de monotonie étaient la résidence en briques rouges de l'équivalent local du maire, une caserne installée en bordure de la cité et la sempiternelle tour dédiée au culte du dieu Khrest.

Le port en lui-même semblait relativement actif. Dansk regroupait les chargements de toute la région destinés à être transportés jusqu'à la capitale dû royaume. Les bateaux descendaient du nord en suivant le courant pendant que ceux qui remontaient étaient halés le long de la berge opposée par de longues files d'hommes de peine ayant tout de l'esclave, sauf le nom.

Installé dans un coude du fleuve, le port alignait des quais contre lesquels étaient amarrés des barges à fond plat de toutes les couleurs. Des fils ininterrompues de dockers vidaient les chariots garés sur les quais. De temps à autre, une des barges se détachait avec peine pour se laisser entraîner par le Vangpo, guidée par des hommes agrippés à la barre primitive.

L'arrivée de Blade, de ses cavaliers et de ses drôles de chars de combat avait étonné les habitants, à peine au courant des événements de la capitale. La nouvelle de la mort du roi ne les avait atteints que l'avant-veille et la perspective d'une guerre civile ne paraissait pas beaucoup les toucher.

Après avoir envoyé une cinquantaine de cavaliers afin de mettre en état d'alerte les garnisons modestes installées le long du reste du Vangpo, Blade s'était rendu chez le maire. Un nommé Stol, au teint un peu maladif, aux yeux injectés de sang et à la moustache prématurément grise. A la fin de l'après-midi, les deux hommes se retrouvèrent sur la terrasse servant de toit au bâtiment administratif.

— Nous avons de bonnes raisons de penser que les troupes de Kitaï vont attaquer par là, expliqua Blade en lui montrant l'espèce de vallée encaissée qui leur faisait face de l'autre côté du fleuve.

Le maire se racla la gorge et cracha discrètement dans un mouchoir.

— Qui eût cru ça de la part du prince Kitaï..., murmura-t-il, prouvant par la même occasion sa méconnaissance des intrigues de la capitale, qu'il ne devait pas fréquenter souvent. Enfin, il y a bien longtemps que nous n'avons pas connu la guerre... Ça ne pouvait pas durer éternellement.

— Rien n'est éternel, en effet, approuva Blade. Bien, j'aurai besoin de guides pour aller inspecter cette vallée. Peux-tu m'en fournir?

— Pour ce soir?

Blade jeta un regard au soleil bleu électrique qui touchait presque l'horizon montagneux.

— Non, il est trop tard. J'aurai à peine le temps de traverser le fleuve avant la nuit. Je veux tes trois meilleurs guides demain à l'aube, d'accord?

— Tes désirs sont forcément des ordres, sourit le maire. Que Khrest te permette de défendre notre cité et notre nouvelle reine.

***

Blade traversa le fleuve sur une longue barque effilée un peu avant que n'apparaisse l'avant-garde de la colonne constituée par les hommes commandés par Thass.

Le capitaine carcacolait en tête de ses deux escadrons de cavalerie. Derrière suivaient les hommes à pied, maintenant tous revêtus d'un uniforme de cuir identique et le moins voyant possible. Ce qui les différenciait de leurs compagnons commandés par un nommé Ordan et dont certaines compagnies avaient réellement l'air d'aller à un carnaval. Ordan lui-même, une sorte de Mongol teigneux et malingre, avait l'air de croire que le fin du fin en matière de camouflage de stratégie était une veste jaune vif rehaussée de rouge sur un pantalon bleu ciel.

Blade découvrit tout cela d'un rapide coup d'œil en arrivant à Dansk. Il abandonna ses guides et se dirigea vers le campement de tentes à toit plat qu'il avait fait édifier la veille et vers lesquelles marchait la petite armée. Thass sauta à terre en l'apercevant et marcha droit vers lui.

— Par Khrest, ça fait du bien d'arriver à bon port. J'espère qu'il y a de la bière dans ce patelin!

— Rassure-toi, j'ai veillé à l'approvisionnement. Je trouve que tu te débrouilles pas mal à cheval pour un pêcheur d'ivoire...

— L'ami, tu as l'air d'oublier que je passe un bon tiers de ma vie à terre et qu'un bateau n'est pas le meilleur moyen de se promener dans la campagne. Alors, quelle sont les nouvelles?

Blade se retourna et lui montra l'extrémité de la vallée qui s'ouvrait dans les falaises usées par le temps.

— Pour l'instant, rien de particulier. Je viens de reconnaître les lieux et tout ce qui nous reste à faire est d'attendre l'ennemi. Je vais poster des sentinelles en haut des falaises et envoyer des éclaireurs locaux à l'autre bout de la vallée. Comme ça, on sera avertis très à l'avance de tout mouvement de troupes. Le voyage s'est bien passé?

— Oui, sourit le capitaine. Mais je me demande si ce n'est pas la première fois que le pantin coloré que nous a mis Gost dans les pattes conduit une colonne. Tu me rassures en me disant qu'on ne peut pas être attaqués tout de suite car il va bien falloir deux jours à nos hommes pour se remettre. Enfin, je veux dire ceux d'Ordan. Et si on allait boire cette bière ?

— Pas tout de suite, l'ami, répondit Blade en montrant les hommes qui attendaient en rang, l'air fatigué. Tes soldats ont sûrement aussi soif que toi et tu vas t'occuper de les restaurer et de les loger dans les tentes que j'ai fait monter pour eux. Ici, c'est comme sur un bateau ; néglige tes hommes et tu auras à la longue une mutinerie sur le dos...

Thass s'étira et eut une expression vaguement écœurée en regardant les troupes à piètre allure prêtées par le général Gost. Ordan avait disparu si vite que même son cheval avait l'air surpris.

— A ton avis, combien de temps la marionnette peinturlurée va-t-elle tenir avant de se faire couper la gorge ? demanda-t-il à Blade.

Celui-ci poussa un soupir d'agacement.

— Tu vas aller t'occuper d'eux aussi. Et moi, je vais dire deux mots à Ordan.

Une heure plus tard, lorsque les deux hommes se retrouvèrent devant une bonne bière noire conservée au frais au fond du fleuve tout proche, Thass ne put s'empêcher de questionner Blade sur son entrevue avec l'acolyte du général Gost.

Blade leva son gobelet comme pour un toast.

— Disons qu'elle a été fructueuse à défaut d'être cordiale. Je crois qu'il était temps de mettre les choses au clair et de faire comprendre à cet aimable personnage qu'il était mauvais pour une force armée d'avoir plusieurs chefs aux vues divergentes...

— A mon avis, tu as intérêt à faire mordre la poussière aux soldats de Kitaï sinon Gost ne te ratera pas à notre retour à la Cité d'Ivoire. Au fait, as-tu aussi réussi à convaincre Ordan de choisir un uniforme un peu moins ridicule?

Cette fois, Blade éclata vraiment de rire, libérant ainsi la tension accumulée pendant des jours.

— Sauf s'il trouve une couturière pour travailler toute la nuit, je crois qu'il va être obligé d'acheter à prix d'or sa garde-robe. Mais rassure-toi, je viens de lui faire livrer un de nos uniformes de réserve.

— Parfait, sourit Thass en passant sa grosse main calleuse sur son crâne luisant. Pour la première fois de sa vie, il va ressembler à un homme...

CHAPITRE XIV

Moins de quarante-huit heures plus tard, deux éclaireurs vinrent annoncer à Blade qu'une armée de quatre mille hommes environ s'avançaient dans leur direction et qu'elle atteindrait le fleuve le lendemain matin.

Cette nouvelle soulagea Blade pour plusieurs raisons, la première étant qu'il commençait à douter de la fiabilité des informations de l'agent de Jell. Autre sujet de soulagement : les deux forces étaient presque à armes égales.

— Alors, qu'est-ce qu'on fait ? demanda Thass en étendant ses jambes devant lui.

Après avoir fait planter un mât au pied duquel était plié un grand drapeau rouge destiné à communiquer avec ses espions restés de l'autre côté, Blade l'avait convoqué avec Ordan sous sa tente pour les mettre au courant. L'homme de Gost affichait un air pincé, comme s'il trouvait que la coupe de son nouvel uniforme de cuir ne lui allait pas du tout.

— On les attend de pied ferme de ce côté du Vangpo et on protège la ville. Je vais faire momentanément interdire le halage des bateaux sur la rive d'en face. Inutile de leur fournir de quoi les aider à traverser même si les éclaireurs m'ont signalé qu'ils avaient avec eux des embarcations légères en partie démontables et à fond plat.

— Et puis nous pourrions avoir besoin de bateaux pour les poursuivre éventuellement dans la vallée de l'autre côté du fleuve, intervint Ordan d'une voix un peu nasillarde.

— J'y ai déjà pensé mais nous verrons ça en temps voulu. J'ai demandé à ce que toutes les péniches qui se trouvent en ce moment ici soient parées à partir dans le port. Mais inutile de prendre des risques. Bon, il est temps d'aller installer notre dispositif.

***

Lorsque les soldats de Kitaï se présentèrent devant Dansk, tout était prêt pour les recevoir. La rive opposée avait été totalement évacuée et il ne restait pas même un seul filin de halage sur une distance de plusieurs kilomètres. Le plus dur avait été de convaincre les habitants du danger qui les menaçait. Seuls étaient restés dans ce qu'il fallait bien désormais appeler le territoire ennemi une poignée d'éclaireurs volontaires pour continuer à espionner l'armée adverse.

Du côté de Dansk, Blade avait fait édifier des barricades à toutes les issues de la ville et avait fortifié son campement en faisant édifier un modeste rempart de sacs remplis de terre derrière lequel s'abritaient deux cents hommes d'Ordan. Trois cents autres avaient été affectés à la défense de la cité et du port sous la direction d'officiers des régiments choisis par Blade qui avait préféré conserver toutes ses têtes brûlées pour se battre. Quant aux chars armés d'abalètes, ils avaient été soigneusement dissimulés derrière toutes sortes d'obstacles possible de manière à intervenir par surprise dès qu'il le faudrait.

— Je trouve qu'ils n'ont pas l'air très surpris de nous trouver là, déclara Thass en scrutant l'agitation créée de l'autre côté du Vangpo.

— Eux aussi devaient avoir leurs éclaireurs, lui fit remarquer Blade. Dans une pareille végétation, ils n'ont sans doute pas eu de mal à éviter les nôtres. J'espère seulement qu'ils continuent à croire qu'ils n'ont en face d'eux que l'armée de carnaval de Jondra et non la version améliorée que je suis parvenu à rassembler en si peu de temps...

C'est à cet instant-là que Blade s'aperçut qu'Ordan était juste derrière eux. Il vit une grimace se peindre sur le visage de fouine de l'officier mais se dit qu'il n'avait vraiment aucune raison de s'excuser.

*
**

Les rebelles attaquèrent au petit matin le lendemain. Ils auraient sans doute voulu le faire de nuit mais les courants assez traîtres du milieu du fleuve les en avaient dissuadés.

Dès les premières lueurs de l'aube, les sentinelles virent leurs adversaires pousser dans l'eau une bonne centaine de bateaux à fond plat, construits en grande partie en toile imperméabilisée pour les rendre plus aisément transportables. Ce qu'ils avaient perdu en poids, ils l'avaient aussi perdu en solidité. Mais un plan incliné de toile installé à l'avant de chaque embarcation protégeait en partie ceux qui s'y trouvaient, y compris les rameurs s'acharnant sur leurs avirons. Environ un millier d'hommes restèrent cependant sur la rive.

L'alerte fut aussitôt sonnée et, quelques instants plus tard, tout le monde se précipitait aux postes de combat, y compris Ordan.

La ligne des bateaux ennemis s'étendait sur un bon kilomètre et son aile gauche se dirigeait droit sur le port de Dansk. Le reste fonçait vers la zone de berge dégagée non loin de laquelle s'élevait le campement des troupes loyalistes. Avec l'effet du courant, toute la ligne d'assaut se retrouverait en face de celle-ci à l'arrivée.

Les chars de Blade se démasquèrent un peu partout et commencèrent, comme prévu, à tirer sur les assaillants pendant que la cavalerie et l'infanterie se mettaient en position et qu'une ligne d'archers s'installait le long de la berge. Le tout n'avait pas pris dix minutes.

Les premiers projectiles enflammés piquèrent sur leurs objectifs et firent souvent mouche, s'accrochant à la toile et provoquant des débuts d'incendie. Blade remarqua tout de suite que les flammes avaient du mal à se propager, comme si la toile avait été traitée spécialement contre le feu.

Malgré tout, au fur et à mesure que la ligne d'attaque avançait, la pluie de flèches de toutes tailles qui s'abattait sur elle commença à faire des ravages. Des dizaines de rebelles se retrouvèrent transpercés et, dans certains bateaux, le nombre de rameurs diminuait dramatiquement. L'agencement de la belle ligne montra par endroits des signes de faiblesse. Des embarcations prirent du retard, d'autres dérivèrent petit à petit.

Encouragés par ceux qui étaient restés en arrière, les rebelles luttaient du mieux qu'ils pouvaient, rejetant à l'eau les longues flèches incendiaires dont les pointes d'ivoire barbelées s'accrochaient partout : à la toile, aux bancs de nage et au cuir des soldats.

Dans une des embarcations, un soldat qui venait d'empoigner un de ces projectiles pour le jeter à l'eau eut la gorge traversée par une flèche tirée de la rive. Il resta une seconde tétanisé par la surprise et la douleur puis bascula sur le côté. La boule de feu qu'il tenait à bout de bras retomba avec lui sur les genoux du rameur le plus proche. L'homme poussa un cri si épouvantable qu'on l'entendit des deux côtés du fleuve en dépit des clameurs qui s'élevaient de part et d'autre.

Un peu plus loin, une embarcation ayant perdu la presque totalité de ses rameurs fut prise dans un courant. Elle vira peu à peu de bord et alla percuter la plus proche sur la droite. Sur son flanc dégarni s'abattit d'un coup un essaim de flèches qui fauchèrent la dizaine de rebelles encore en état de se battre. Sous le choc, l'autre bateau se déporta à son tour et subit le même sort avant que ses occupants n'aient eu le temps de le redresser pour n'offrir que leur proue aux archers de Blade.

Partout, d'un bout à l'autre de la ligne d'assaut, et alors que celle-ci venait à peine de franchir les deux tiers de la largeur du Vangpo, c'était la même scène de carnage.

Une cinquantaine d'embarcations étaient à présent pratiquement incapables de poursuivre normalement leur progression et une vingtaine brûlaient d'une manière inexorable. Entre elles, on pouvait apercevoir des soldats qui s'étaient jetés à l'eau et qui essayaient maintenant de retourner à la nage vers la berge opposée où leurs compagnons laissés en réserve suivaient le massacre avec des gestes d'impuissance.

Les archers se mirent à leur tirer dessus mais Blade fit rapidement passer l'ordre de cesser cette boucherie inutile et de se concentrer exclusivement sur les embarcations.

— Pourquoi avoir donné cette consigne stupide ! s'écria Ordan en courant à sa rencontre. Ce sont tous des traîtres et il faut les exterminer jusqu'au dernier !

Blade perdit patience et empoigna l'Eldran par le revers de son uniforme.

— Le seul traître, c'est Kitaï et ces pauvres types ne font que lui obéir ! Quand tu te seras autant battu que moi, nous en reparlerons mais jusque-là, il n'y aura pas de carnage gratuit ! Me suis-je bien fait comprendre ?

Ordan se rajusta lorsque Blade desserra sa poigne et le fixa droit dans les yeux.

— Le général Gost sera averti de ton comportement, fais-moi confiance.

Blade lui jeta un regard méprisant.

— A condition qu'il revienne vivant à Jondra. Et que Khrest te fasse la même faveur...

Ordan se redressa comme un coq et quitta les lieux en marmonnant des jurons incompréhensibles.

Blade ne perdit pas de temps et reporta son attention sur le combat.

Quatre embarcations en bout de ligne, moins malmenées que les autres, venaient juste d'accoster à cinq cents mètres de là. Leurs occupants sautèrent immédiatement à terre, bousculèrent à grands coups de lames d'ivoire les soldats loyalistes qui accouraient vers eux et filèrent vers deux des chars qui se trouvaient à proximité. Les servants tentèrent de les arrêter mais se firent occire en quelques secondes. Quelques-uns des rebelles prirent leur place et pointèrent immédiatement les arbalètes sur les chars les plus proches pendant que les autres s'employaient à contenir les fantassins bariolés d'Ordan qui s'étaient précipités en désordre sur eux. Les deux premiers projectiles s'envolèrent et firent mouche, mettant le feu à leurs cibles. Les rebelles eurent le temps d'en tirer encore deux avant que des archers mettent brusquement fin à leur carrière.

Entre-temps, d'autres bateaux avaient réussi à toucher la rive malgré le déluge de flèches qui s'abattait sur eux. Malheureusement pour eux, ils n'étaient pas groupés et les hommes de Blade n'eurent guère de mal à maîtriser le danger au prix de quelques pertes. Dans l'intervalle, un escadron de cavaliers s'était jeté sur le carré organisé par les premiers débarqués.

Les hommes de Kitaï se battirent comme des lions jusqu'au dernier, rendant coup pour coup, tailladant les jarrets des chevaux et tuant tout ce qui passait à portée de leurs sabres. La poignée d'archers qui se trouvait parmi eux eut tout juste le temps de transpercer quelques adversaires avant de succomber sous le nombre. Finalement, un officier de cavalerie blessé à la cuisse vint annoncer à Blade que le problème était réglé.

L'affaire parut, en effet bientôt réglé sur le fleuve en dépit de l'obstination suicidaire de quelques embarcations qui vinrent s'échouer pour se faire immédiatement prendre d'assaut par les soldats loyalistes. Les rebelles finirent par comprendre que leur attaque était sans espoir et ceux qui le pouvaient encore rebroussèrent péniblement chemin, poursuivis par des flèches tirées de la rive.

Très vite, Blade fit passer l'ordre de cesser les tirs. Cette fois, Ordan ne vint pas protester.

— Beau travail, l'ami! jeta Thass en s'approchant de lui. Ils n'avaient pas prévu le coup de tes chars, c'est évident. Je suis pour qu'on aille maintenant en finir avec eux de l'autre côté. Qu'en penses-tu?

Blade savait qu'il fallait faire vite, mais il devait s'assurer qu'un traquenard ne l'attendait pas dans la vallée. Il sauta sur un cheval et remonta jusqu'au campement. Là, il fit monter un drapeau rouge au mât qu'il avait fait planter près de sa tente. Quelques instants plus tard, il aperçut deux petites taches rouges qui s'agitaient parmi les arbres recouvrant le haut des versants de la vallée à l'embouchure de laquelle se trouvait les restes de l'armée adverse. C'était le signal convenu avec les sentinelles restées sur place qu'aucun ennemi ne se trouvait sur les hauteurs.

— C'est bon, dit-il, à Thass lorsqu'il fut revenu sur la berge. Réunis tous les bateaux encore en état de naviguer et remplis-les d'hommes. Moi, je vais m'occuper de faire monter le reste de nos troupes sur les péniches qui attendent au port. Comme j'avais prévu le coup, ça ne devrait pas prendre plus d'une demi-heure. Mais attends que je te fasse signe pour partir, d'accord?

— Je suis ton homme, répondit Thass en lui donnant une bonne claque sur l'épaule. On ne va faire qu'une bouchée de ces fichus rebelles!

CHAPITRE XV

Au dernier moment, Blade modifia quelque peu ses plans et remplaça les fantassins prévus sur trois des péniches par deux douzaines de chars. Il en profita pour faire comprendre à Ordan qu'il valait mieux pour lui se contenter d'assurer le commandement des troupes restant à Dansk. L'acolyte de Gost n'émit qu'une vague protestation de principe avant de s'incliner.

L'opération, rondement menée, ne coûta qu'un quart d'heure supplémentaire à Blade et lorsqu'il fit dire à Thass de lancer sur le Vangpo ses bateaux pris à l'ennemi, les dernières embarcations rebelles qui n'avaient pas coulé venaient juste d'atteindre tant bien que mal la rive opposée.

Vingt et une péniches sortirent du port, chargées à ras bord de chars, de cavaliers et d'hommes à pied. Dans le même temps,

Thass poussa à l'eau dix-huit embarcations à fond plat qu'il avait fait nettoyer à toute vitesse, laissant derrière lui des tas de cadavres, des blessés et cinq autres bateaux incapables de reprendre du service.

Le capitaine poussa vite ses rameurs improvisés à puiser dans toutes leurs forces pour foncer vers l'ennemi toujours bien en vue en face et pour éviter une rencontre intempestive avec les péniches qui commençaient à dériver. Les gros bateaux lourdement chargés n'étaient équipés que de quelques avirons servant surtout à aider à la manœuvre et à ralentir en cas de besoin. Mais les mariniers avaient assuré à Blade être en mesure d'utiliser leurs connaissances du fleuve pour toucher terre à moins d'un kilomètre en aval du campement rebelle. Le tout était simplement de s'assurer que les deux flottilles ne se retrouvent pas au même endroit au même moment.

Une fois qu'il fut certain que tout se passerait bien, Thass fit freiner la cadence et laissa les péniches de Blade passer devant lui. Il leur donna juste l'avance nécessaire pour qu'elles touchent terre avant lui est que les soldats qu'elles transportaient aient le temps de remonter la berge vers les restes de l'armée de Kitaï avant que lui-même n'arrive à destination.

Le courant du Vangpo avait déjà emporté presque tous les restes de la bataille qui venait d'avoir lieu. Plus bas, on pouvait apercevoir des embarcations en feu dériver au fil du courant, certaines déjà à moitié remplies d'eau, et transportant leur lot de corps et de blessés pour qui personne ne pouvait plus rien. D'autres corps sans vie avaient atteint la rive opposé de ce fleuve qui était devenu leur Styx et s'étaient échoués sur la bande de quelques mètres de large qui séparait le chemin de halage de la rive.

Debout à la proue de la péniche de tête, Blade avait cessé d'accorder son attention à tout ce gâchis pour la reporter sur le campement adverse. Les rebelles avaient fini de repêcher leurs derniers survivants mais ne semblaient pas pressés de partir. Ils déployèrent une ligne d'archers qui se mit à tirer sur les embarcations commandées par Thass mais sans occasionner de gros dégâts. Entre-temps, d'autres soldats se mirent en position pour couper la route aux troupes sur les péniches.

Des archers s'installèrent dans deux modestes maisons en bois, y compris sur leurs toits. Blade monta sur la plate-forme du char le plus proche et demanda aux servants de leur tirer dessus. Les deux hommes, des marins du plus gros navire de combat de la marine d'Eldran, lui firent un clin d'œil et bandèrent leur arbalète. Ils n'eurent besoin que de deux coups pour transformer les maisons en torches et en faire déguerpir leurs occupants.

Blade regretta une fois de plus de devoir faire attention de ne pas gaspiller ses munitions. Sinon, il y a longtemps qu'il aurait fait fuir le camp adverse.

Sa flottille aborda le rivage sans trop de problème et le débarquement commença. En l'espace de quelques minutes, les troupes de Blade se retrouvèrent en ordre de marche, les chars devant, suivis par les cavaliers. Les fantassins fermaient la marche, Blade sauta sur son cheval et se porta en tête de ses hommes. Il attendit que les embarcations de Thass se soient encore rapprochées en dépit des projectiles qui leur pleuvaient dessus puis leva son sabre en l'air et donna l'ordre de foncer.

*
**

La résistance des rebelles qui se battaient maintenant à un contre deux fut brève mais sauvage. Les hommes de Thass furent accueillis par une horde de soldats à la peau brune qui les chargèrent sabre au clair. Ils ne durent leur salut qu'à leur propre rage de vaincre. L'ivoire cogna contre l'ivoire et les lames tailladèrent le cuir des uniformes de part et d'autre avant que les hommes de Kitaï ne soient contraints de reculer suite à l'arrivée de Blade et de ses cavaliers.

Les deux douzaines de chars attendirent le dernier moment pour tirer chacun quelques projectiles incendiaires qui semèrent un début de panique dans le campement de toile. Puis ils firent demi-tour et vinrent se poster derrière la colonne de têtes brûlées heureuse de pouvoir maintenant en découdre vraiment avec l'ennemi.

Toujours le premier à foncer, Blade se fit attaquer par plusieurs soldats. Il assena un coup de sabre à l'un d'eux, juste à la naissance de la gorge. Un geyser de sang jaillit et vint maculer l'encolure du cheval. Le rebelle s'effondra et fut piétiné par l'animal. Du coin de l'œil, Blade vit un homme se glisser derrière sa monture, sans doute pour lui couper les jarrets. Blade fit virer d'un coup le cheval et transperça l'œil du soldat de la pointe de sa lame d'ivoire dure comme de l'acier. Quelques moulinets l'aidèrent ensuite à se dégager et il se précipita pour donner un coup de main à Thass.

Sans cavaliers pour l'aider, le capitaine de

La Perle des Mers avait quelques problèmes pour repousser les rangs des rebelles qui le maintenaient toujours le dos au fleuve. Blade et ses hommes à cheval taillèrent leur route parmi les fantassins adverses pendant que les soldats loyalistes se répandaient au milieu du camp en partie en flammes. Finalement dans un concert de cris de douleur, d'ordres jetés de part et d'autre et de hurlements de rage, Blade réussit à desserrer l'étau qui s'était refermé sur Thass.

Et soudain, un long coup de trompette s'éleva à l'autre bout du camp. Suivi par un autre, puis un troisième.

Instantanément, les rebelles lachèrent prise partout où ils se trouvaient et se regroupèrent tant bien que mal non loin de l'entrée de la vallée coupant le haut-plateau en deux. Ils le firent avec une telle rapidité que les troupes loyalistes ne purent les en empêcher.

— Ils sonnent la retraite ! s'exclama Thass. Il ne faut pas les laisser s'enfuir !

Mais, abandonnant tout leur matériel, les rebelles se regroupèrent en une masse compacte protégée par les quelques dizaines d'archers survivants. Ceux-ci empêchèrent les cavaliers adverses d'approcher et en profitèrent pour en abattre plusieurs. Blade ordonna alors à tout son monde de se regrouper.

— Eh, tu veux qu'ils nous filent entre les mains, ou quoi ? s'exclama Thass. Tu ferais mieux de dire à tes chars de leur balancer quelques bonnes flèches enflammées sur la figure !

Blade secoua la tête.

— Ce serait gâcher inutilement de précieuses munitions. Les projectiles des chars ne sont vraiment efficaces que contre des objets inflammables, pas contre des hommes. Non, on va les poursuivre dans la vallée et les user en quelques heures par des attaques de front et de flanc, avec les cavaliers. Les chars nous suivront car on ne sait jamais sur quoi on peut tomber.

Thass fit signe qu'il avait compris et cria aux archers de cesser de ramasser les centaines de flèches qui traînaient par terre pour se remettre à tirer sur les fuyards qui reculaient à toute vitesse vers la vallée. Quand ils y pénétrèrent enfin, leur nombre avait encore réduit d'un tiers. Blade estima qu'ils ne devaient plus être que cinq cents à peine.

Il se demanda alors si cela valait vraiment le coup de s'acharner ainsi sur eux. L'objectif principal était atteint : ils avaient empêché la prise de Dansk grâce à son idée de faire monter les arbalètes géantes des bateaux sur des chars à deux roues. Et pourtant, quelque chose le chiffonnait dans toute cette histoire, sans qu'il sache vraiment quoi.

C'est alors que, comme pour le forcer à ne pas changer d'avis, les rebelles se regroupèrent une nouvelle fois et attaquèrent la ligne de front de leurs poursuivants. Blade comprit à cet instant qu'ils étaient complètement fanatisés et qu'il les aurait sur le dos tant qu'il ne les aurait pas exterminé jusqu'au dernier.

Il se dit aussi que ce roquet hargneux et lâche d'Ordan aurait bien ri s'il avait pu lire ses pensées en ce moment même.

Dès qu'ils virent que les loyalistes n'allaient pas lâcher prise, les soldats de Kitaï reprirent leur fuite à marche forcée mais sans trop se désagréger. Leurs archers tiraient moins souvent, sans doute pour économiser leurs traits mais manquaient rarement leurs cibles.

Après avoir parcouru deux kilomètres à peine dans le creux évasé de la vallée couvert en son fond d'une bande de prés verdoyante et, plus haut, d'une végétation dense et parsemée d'arbres, ne dépassant pas la taille d'un homme, Blade décida en fin de compte que cette affaire commençait à lui coûter un peu trop cher en hommes et en munition. Il envoya mentalement les rebelles au diable et ordonna à Thass, qui chevauchait maintenant à ses côtés sur la monture d'un cavalier abattu, de faire cesser la poursuite.

Et cette fois, les rebelles ne cherchèrent plus à contre-attaquer comme des kamikazes et filèrent sans demander leur reste au travers des champs.

L'espace d'un instant, Blade se dit qu'ils avaient dû épuiser leur dose de fanatisme. Mais un cri soudain lui fit comprendre qu'il s'était trompé.

— Alerte ! hurla un cavalier en arrivant de l'arrière à bride abattue. Nous sommes pris à revers !

— Et bloqués devant, par Khrest ! tonna la voix de Thass.

CHAPITRE XVI

Blade se retourna et découvrit une ligne de silhouettes sombres en armure qui s'était interposée entre eux et les fuyards. Bizarrement, d'ailleurs, les rebelles semblaient aussi surpris qu'eux par cette brusque apparition et certains se mirent à filer sans demander leur reste.

— Ils ont surgi de nul part ! d'un coup ! s'écria le premier soldat pas encore revenu de sa stupéfaction. J'ai baissé les yeux et quand je les ai relevés, ils étaient là ! C'est un prodige !

— Oui, j'ai tout vu ! L'air s'est mis à trembler et quand ça s'est arrêté, il y en avait partout ! Ouais, moi je dis aussi qu'il y a de la magie là-dessous !

Les nouveaux venus étaient un bon millier et se tenaient à une centaine de mètres de là.

Ils étaient immobiles, l'arme tirée et visiblement prêts à charger.

— Commandant, ce sont les mêmes qui nous coupent la retraite! haleta le cavalier venu donner l'alerte. Il y en a autant de l'autre côté.

Thass posa la main sur l'avant-bras de Blade.

— Bon sang, d'où sortent-ils? Et puis, tu as vu leurs armures? Avec leur casque, ils sont couverts de la tête aux pieds. On ne voit que leurs yeux. Ces types ne me disent rien qui vaille...

Blade acquiesça sans rien dire puis se statufia lorsqu'il mit enfin le doigt sur le détail qui le titillait depuis l'apparition des inconnus.

Leurs armures et toutes leurs armes apparentes, épées, haches et casse-tête, étaient en métal!

— Par Khrest, c'est insensé! Avec ce qu'ils ont sur le dos, il y a de quoi acheter Jondra tout entière! s'exclama Thass. On va tous faire fortune après la bagarre!

— Pour ça, il faudrait qu'on puisse arriver à les dévaliser..., répondit Blade tout en calmant son cheval qui donnait des signes d'énervement.

Le bouche à oreille fonctionna instantanément dans les rangs loyalistes, sans que cette nouvelle contribue à remonter le moral des troupes qui vit là une preuve du caractère magique de l'apparition. Impression confortée par la vue des rebelles survivants en train de fuir les inconnus comme la peste.

— Je n'aime pas ça du tout, murmura Blade. Il faut filer d'ici au plus vite.

— Avec les autres qui nous attendent entre ici et le fleuve ? dit Thass.

— Justement, il faut briser l'encerclement qui se prépare, et au plus vite ! Je sens que ces soldats-là n'ont rien à voir avec ceux qu'on vient de disperser. Et j'aimerais même être sûr qu'ils appartiennent bien à ce bas monde... Installe-moi une ligne d'archers face à ceux-ci. Pendant ce temps, je m'occupe de faire faire demi-tour à toute la troupe.

Il ne se passa rien pendant la manœuvre. Blade remercia le ciel de ne pas s'être encombré des régiments d'opérette d'Ordan qu'il avait épuré comme les autres de leurs éléments les plus combatifs pour former sa propre force.

Cinq minutes plus tard, la modeste armée avait fait demi-tour sur elle-même, les chars se retrouvant cette fois en tête. Blade les y laissa et expliqua à leurs conducteurs et aux servants des arbalètes ce qu'il attendait d'eux. Derrière, il installa une ligne de cavaliers, puis la troupe, puis détacha une centaine de cavaliers pour rester avec les archers avec ordre de contenir avec eux au maximum une attaque de l'ennemi et de les ramener sur leurs montures en cas de danger.

Au signal de Blade, la troupe s'ébranla. Les éclaireurs envoyés en direction du fleuve n'avaient pas signalé de mouvement de la part de l'ennemi. La progression se fit sans problème particulier, sauf pour les chars qui avaient par moments du mal à rouler dans les petits champs entourant le chemin qui courait au fond de la vallée. Ils avaient parcouru un bon kilomètre lorsqu'une clameur leur annonça que les soldats surgis de nulle part venaient d'attaquer l'arrière-garde laissée par Blade.

— Maintenant, il faut foncer au pas de course vers le fleuve! s'exclama celui-ci à l'adresse de Thass. Nous n'avons plus une minute à perdre!

Un instant plus tard, ils aperçurent, à cinq cents mètres de là, la ligne de silhouettes sombres et menaçantes qui leur coupait la retraite.

Blade éperonna son cheval et se porta en tête, au niveau des chars. L'allure de toute la troupe était calquée sur celle des fantassins en train de courir au pas de charge. Blade inséra son cheval entre les deux chars du centre et leva son sabre en l'air.

Immédiatement, la ligne de chars se transforma, à son signal, en une formation en coin destinée à s'enfoncer dans les rangs ennemis. Derrière, la troupe se resserra encore sur elle-même et les cavaliers durent faire attention de ne pas blesser leurs propres fantassins à coups de sabots.

Plus loin, dissimulé par une courbe de la vallée, le combat d'arrière-garde faisait rage. Mais les clameurs sauvages des hommes de Blade se turent bientôt, cédant bientôt la place à de véritables cris d'horreur qui firent se retourner certains des soldats en train de foncer vers le fleuve. Une seconde, Thass fut même tenté d'aller voir ce qui se passait puis se ressaisit.

Mais quand il vit revenir la poignée de cavaliers et d'archers survivants à califourchons derrière eux, il comprit qu'il avait eu une bonne idée de ne pas céder à cette tentation.

Presque tous en sang, la vingtaine d'hommes avaient le regard fou et laissaient échapper des paroles sans suite où il était question de démons et d'enfer.

Blade pensa à la même chose lorsque la

pointe de sa formation de combat atteignit les guerriers bardés de fer qui leur coupaient la route.

*
**

Blade fit cabrer son cheval et les sabots avant retombèrent en pédalant sur deux ennemis, les projetant au sol. Sous un pareil choc, n'importe quel homme normal serait resté étendu pour le compte. Pas eux. A peine Blade avait-il commencé à distribuer des coups de sabre pour se frayer un chemin qu'ils étaient à nouveau debout, sans même avoir perdu le casque en forme de bol.

Tout en bataillant entre les chars maintenant presque à l'arrêt, Blade se rendit compte, avec incrédulité, que l'armure de ses adversaires ne faisait qu'une pièce, y compris avec le casque. La seule ouverture qui s'y découpait était la large fente qui se trouvait au niveau des yeux. En dépit de la poussière et de la rage de l'engagement, Blade put discerner à plusieurs reprises le regard rouge et malveillant des soldats adverses.

L'un d'eux lui agrippa la jambe. Il s'apprêtait à la lui couper d'un coup de hache lorsque Blade parvint de justesse à bloquer le mouvement grâce à son sabre, tout en donnant un coup de pied de l'autre côté pour éloigner un autre assaillant. Le soldat à la hache avait une force stupéfiante et il fallut que Blade puise à fond dans les siennes et bande ses muscles d'athlète pour empêcher la hache de lui entailler la cuisse. Il lui fallut de longues secondes, avant de réussir à écarter la hache grâce à son propre sabre. L'autre lâcha prise et Blade en profita pour plonger son arme dans la fente du casque. Il sentit une résistance puis, lorsque la pointe d'ivoire cogna contre le métal, il fit faire deux ou trois allées et venues à la lame pour transformer la tête de l'autre en bouillie.

Contrairement à ce à quoi il s'attendait, le soldat de fer continua à s'acharner sur lui, au point de manquer de lui faire vider les étriers. Blade retira précipitamment son sabre et s'aperçut avec un mélange de stupéfaction et d'angoisse que la lame ne portait pas la moindre trace de sang! L'autre profita de cette fraction de seconde de surprise pour lui faire lâcher son sabre.

Lorsque le guerrier tenta à nouveau de lui assener un coup de hache, Blade réussit cependant à bloquer le coup à main nue et à s'emparer de l'arme. Pendant qu'il forçait son adversaire à lâcher prise, il ne put s'empêcher de regarder dans la fente. Pour découvrir que les yeux rouges avaient disparu...

Arrachant enfin la hache, Blade la leva le plus haut possible et l'abattit de toutes ses forces sur la jointure de la cuirasse avec la protection du cou. La grosse lame courbe fit éclater l'armure et sectionna presque complètement la tête du soldat. Le casque retomba sur le côté avec son contenu macabre mais le corps décapité n'hésita qu'une fraction de seconde avant de se jeter à nouveau sur le cheval.

Cette fois Blade faillit bien se mettre à hurler.

Tout autour de lui, les soldats de fer se jetaient sur les chars, tentaient d'en occire les occupants et de tuer les chevaux. Plusieurs animaux étaient déjà tombés sous leurs coups et une bonne cinquantaine d'hommes avaient péri dans des conditions épouvantables: dès que la vie le quittait, le corps se racornissait légèrement et devenait noir, comme s'il était victime d'une combustion interne rapide et limitée. Cette découverte attisa encore la terreur des soldats loyalistes et la bataille rangée tourna rapidement à une tentative terrifiée pour fuir jusqu'au fleuve.

Qui tourna au cauchemar lorsque les soldats de fer, qui avaient massacré l'arrière-garde, se jetèrent à leur tour dans la bataille, prenant complètement les hommes de Blade en sandwich.

Thass cria aux fantassins de faire face mais plus personne ne l'écoutait. Tous voulaient fuir cette géhenne où les rares soldats de fer mutilés continuaient inlassablement à s'attaquer à tout ce qui bougeait, y compris lorsqu'il leur manquait les bras ou la tête.

Le capitaine constata qu'il n'y avait plus rien à faire face à la horde sombre qui était à moins de dix mètres de lui. Il repéra alors un ennemi amputé d'un bras, en train de s'acharner sur un cavalier tombé à terre et fonça droit sur lui. Les sabots du cheval cognèrent si fort contre le casque que celui-ci se tordit. Le soldat manchot perdit l'équilibre et s'effondra. Au même instant, Thass se pencha d'un coup sur le côté, lui arracha sa masse d'armes et se redressa, puis fila au galop en direction des chars et de Blade.

Celui-ci avait réussi à faire un peu de large autour de lui à grands renforts de moulinets de hache. Celle-ci était lourde mais d'autant plus efficace contre ces monstres à qui il fallait couper les quatre membres pour les rendre inoffensifs. Et puis Blade se sentait plus à l'aise avec ce genre d'arme métallique qu'avec les lames d'ivoire en vigueur sur ce monde.

Dans la débandade générale, seuls les chars avaient gardé un semblant de cohésion et continuaient à avancer en dépit des pertes qu'ils avaient subi. De plus, ils offraient une petite protection supplémentaire à leurs occupants qui frappaient les soldats de fer avec tout ce qui leur tombait sous la main.

A un moment donné, un des servants alluma le projectile de son arbalète et l'expédia à bout portant dans la tête du monstre le plus proche. La flèche traversa la fente du casque et ressortit de l'autre côté. La boule de tissu enflammé resta collée contre la fente et le feu se propagea à l'intérieur de l'armure comme une traînée de poudre. Le soldat de fer cessa immédiatement de se battre, se mit à tituber, puis s'effondra. Le tireur poussa un cri de joie. Qui fut coupé net par un coup d'épée qui lui transperça le dos.

Tout en bataillant comme un forcené pour aider les chars à se dépêtrer de ce traquenard, Blade avait vu la scène. Ainsi, ces horreurs n'étaient pas sans point faible ! Mais comment faire pour jeter une allumette dans chaque armure ?

Finalement, les chars réussirent à faire une percée et se ruèrent vers le fleuve tout proche, suivis par les quelques dizaines de cavaliers encore en vie. Des fantassins avaient réussi à sauter derrière la plupart d'entre eux. D'autres parvinrent à contourner la masse des soldats ennemis, ou même à passer miraculeusement au travers. Blade resta à distribuer des coups de hache tant que la situation restait tenable. Il cria à Thass de laisser tomber, embarqua au vol un archer blessé au bras, et fila vers le Vangpo, suivi par un char qui avait réussi à se dépêtrer de justesse du piège. Sans que son conducteur, unique survivant de l'équipage, se rende compte qu'un des soldats de fer était resté accroché à son véhicule...

Thass fut le dernier à s'échapper. Il se retourna et vit qu'une partie des monstruosités de fer se lançaient à leur poursuite au pas de course pendant que le reste s'acharnait sur les malheureux qui n'avaient pas eu le temps de s'échapper. Des dizaines et des dizaines de corps virèrent au noir lorsque la vie les abandonna.

Les chars et les cavaliers filèrent vers les péniches pendant que les fantassins sautaient dans les bateaux à fond plat qui les avaient amenés. En un clin d'œil, presque tous ceux qui avaient pu échapper au massacre se retrouvèrent sur le fleuve à ramer comme des forcenés en direction de Dansk. Blade vit passer le dernier char et se rendit subitement compte qu'il traînait derrière lui un soldat de fer. Thass l'avait également vu et faisait de grands gestes tout en arrivant à bride abattue.

Blade cria au conducteur de regarder derrière lui. L'homme l'entendit juste avant d'arriver au chemin de halage, se retourna et poussa un cri. Pris de panique, il sauta de son véhicule. Le cheval continua à foncer droit devant lui, se jeta à l'eau, entrainant le char dans le fleuve. Ainsi que le soldat de fer qui s'y accrochait.

Pendant que le conducteur filait en boitant vers un des bateaux à fond plat, Blade poussa son cheval vers le char qui commençait à dériver en emportant son animal de trait, hennissant de terreur.

— Par Khrest, qu'est-ce que tu fais ? hurla Thass. Reviens !

Mais Blade s'était aperçu que le monstre recouvert de fer avait lâché prise dès qu'il avait touché l'eau et qu'il dérivait, immobile, à la surface du fleuve. Blade engagea son cheval dans l'eau et donna un coup de hache au soldat, qui n'eut aucune réaction. Blade accrocha sa hache à sa selle et sauta dans l'eau. Là, au prix d'un effort surhumain, il réussit à soulever l'armure avec son occupant et à la disposer en travers de sa monture. Puis, toujours suivi par Thass, qui ne criait plus, il entraîna le cheval jusqu'à la péniche la plus proche.

*
**

— Plus de mille hommes... soupira Thass. On a perdu plus de mille hommes...

Ils étaient sous la tente de Blade. Tout autour d'eux, le camp était rempli du bruit des conversations effrayées de ceux qui étaient revenus et des gémissements des blessés. Ordan n'était pas là car Blade avait failli l'étrangler lorsque l'Eldran avait commencé à lui faire des réflexions déplacées.

Blade ne répondit rien et regarda la carcasse métallique immobile qui gisait sur le sol.

— On va regarder ce qu'il y a là-dedans, déclara-t-il au bout d'un bref instant.

Il prit la hache, la leva et l'abattit de toutes ses forces à la jointure des plaques sur la poitrine. Le métal ne tarda pas à céder et l'armure finit par s'ouvrir comme une coque de noix, de même que le casque recouvrant totalement la tête.

La créature qu'ils découvrirent à l'intérieur ressemblait à une momie. Un squelette recouvert d'une peau grisâtre et plissée.

— Qu'est-ce que c'est que cette saleté...? grogna Thass.

— Ça, j'aimerais bien le savoir. En tout cas, elle ne supporte pas le contact de l'eau et se détruit instantanément à celui du feu. Comme toutes les momies, quoi...

Thass émit un soupir.

— Sauf que, d'habitude, les momies ne se baladent pas en armure pour exterminer tout ce qui leur tombe sous la main...

Blade resta un instant à scruter leur prise puis alla reprendre de la bière.

— C'était un piège..., dit-il. Toute cette histoire était un piège pour me faire venir à Dansk avec les meilleures troupes que nous avions pu lever. Et pour nous attirer ensuite dans la zone d'action de ces monstruosités qui, pour une raison ou pour une autre, ne peuvent pas passer la limite du fleuve. Et c'est Jell qui nous a faits venir ici... ajouta-t-il en faisant blanchir ses articulations autour du gobelet de grès.

— Que comptes-tu faire?

Blade finit sa bière d'un seul trait.

— Tu vas me transformer cette ville en camp retranché. Quant à moi, je pars tout de suite pour Jondra!

CHAPITRE XVII

Dès son arrivée au petit matin en vue de la Cité d'Ivoire, Blade comprit qu'il allait apprendre d'autres mauvaises nouvelles. Des réfugiés encombraient les routes menant à Jondra en provenance de l'Ouest. Blade n'eut pas besoin de plus de renseignement pour comprendre que les troupes du général Gost avaient dû se faire balayer quelque part au sud de la province de Gandahr.

En ville, l'inquiétude s'affichait à tous les coins de rues : les gens avaient l'air traqué, les réfugiés commençaient à s'installer n'importe où est les prix des denrées alimentaires avaient doublé ou triplé.

L'officier de garde à la porte du palais fit la grimace en découvrant Blade couvert de poussière et son cheval fourbu.

— Dois-je avertir la reine de votre arrivée,

Monseigneur? lui demanda-t-il d'un air inquiet.

— Inutile, jeta Blade. Laissez-moi simplement passer.

Il entra au trot dans la cour dallée et héla un domestique pour lui dire de s'occuper du cheval et de lui donner à boire. Une agitation sans précédent régnait dans l'énorme forteresse recouverte d'ivoire. Blade décrocha de sa selle un lourd objet enveloppé dans une grande pièce de tissu et entra à grands pas dans le donjon central. Il se dirigea immédiatement vers les appartements de Jell au rez-de-chaussée. L'expression de son visage dissuada tous ceux qui le reconnurent de lui adresser la parole.

Il cogna contre la porte mais personne ne répondit. Jell devait encore dormir et sa trahison ne devait pas perturber son sommeil. Blade frappa à nouveau. Sans résultat. Un domestique intrigué par le bruit apparut dans le couloir. Blade reconnut celui qui les avait servis lorsque Thass et lui avaient déjeuné avec le conseiller le jour de leur arrivée.

— Où est ton maître? jeta Blade.

L'autre sentit qu'il valait mieux ne pas discuter.

— Mais il dort encore... Il m'a demandé de ne pas être dérangé.

Blade ferma les yeux et fit un effort pour se calmer.

— Tu vas m'ouvrir cette porte immédiatement, compris? Je prends tout sur moi.

Le domestique poussa un soupir et tira un passe-partout de sa ceinture. Un instant plus tard, la porte s'ouvrit.

Blade entra dans l'appartement silencieux et se dirigea directement vers la chambre. Pour s'arrêter net sur le seuil de la porte.

Le gros conseiller gisait sur le sol dans une grande flaque de sang, un bras glissé sous la table de nuit.

Blade se précipita vers lui. Le domestique poussa un cri d'horreur et s'enfuit chercher du secours. Blade prit le pouls de Jell et constata qu'il était déjà mort. Il le retourna et découvrit la gorge tranchée. Il allait se relever lorsqu'il aperçut quelque chose d'écrit sous la table de nuit. Il repoussa le petit meuble et découvrit deux mots tracés maladroitement avec du sang:

Cellach... D'jers...

Les yeux de Blade s'étrécirent. Il entendit alors des pas approcher à toute vitesse dans le couloir et effaça rapidement l'inscription du bout du pied avant de remettre la table en place.

*
**

— Par Khrest, cette fois nous sommes perdus ! s'écria Sheann en se jetant dans les bras de Blade lorsque celui-ci lui eut fait un rapport circonstancié des événements de Dansk. Je savais bien qu'il fallait se méfier de Jell !

Blade la repoussa doucement.

— Il se trouve qu'à la lueur de certains détails, je ne sois plus tout à fait sûr que ce soit lui qui a fait le coup. Où est ce Ripp ?

— Qui ça ?

— Son agent chez Kitaï, Son prétendu fils adoptif.

Sheann ferma les yeux.

— Ah, je vois. Il a été tué dans une rixe sur le port le lendemain de ton départ. Jell en a fait une maladie et s'est mis dans la tête de savoir qui avait fait le coup pour le faire pendre. Cela avait l'air de l'obséder. Et quand il a appris hier la défaite et la mort du général Gost, il est devenu comme fou. Cette vermine était vraiment un bon acteur et j'espère pouvoir féliciter un jour celui qui lui a tranché la gorge !

— Pas si vite, répliqua Blade. Je vous ai dit que je commençais à avoir des doutes.

Son vieil instinct aiguisé par des années passées dans les Services Secrets puis par les innombrables missions dans les Dimensions X lui soufflait qu'il était sans doute allé un peu vite en besogne en accusant Jell. La mort de son agent était tout sauf catholique. Et puis, il y avait cette inscription sous la table de nuit, écrite avec son propre sang alors que la vie le quittait à toute vitesse. Et si l'agent avait en fait été « retourné » par Kitaï? Et si Cellach était dans le coup? Et si les D'jers...?

Blade prit la reine par les épaules et la secoua pour qu'elle reprenne son sang-froid.

— Où est Cellach?

Elle le regarda sans comprendre et il la secoua à nouveau.

— Répondez-moi, bon sang!

— Il est parti hier soir. Il m'a dit qu'il devrait revenir ce matin. En tout cas, je ne l'ai pas encore vu aujourd'hui.

***

Chenk, le domestique aux airs de gnome que lui avait procuré Jell lui fournit le nécessaire pour ouvrir la porte du repaire de Cellach. Lui non plus n'avait pas aperçu Cellach depuis le lever du jour. Avec un peu de chance, il serait vraiment absent, espéra Blade en lui-même.

— Méfiez-vous, maître, tout le monde dit que sa tanière est gardée par des démons...

— Eh bien, moi aussi, je suis venu avec une arme de démon, lui rétorqua Blade en dépliant le tissu qui avait caché jusque-là la hache aux regards trop curieux.

Chenk ouvrit des yeux grands comme des soucoupes.

— Par Khrest, mais elle est tout en... *métal* !

— Je t'ai dit que c'était une arme de démon... Bon, je vais y aller. Toi tu restes ici et tu ne laisses entrer personne. Pour tout le monde, je suis en train de me reposer, compris ?

Chenk inclina la tête.

— Que Khrest vous protège, maître.

Blade suivit les conseils de Chenk et emprunta des couloirs peu fréquentés, surtout à cette heure encore matinale. Les appartements du devin se trouvaient au coin supérieur est du donjon, juste dessous les remparts. Une portion de l'énorme construction que ses habitants avaient pris l'habitude d'éviter. Et comme il était hors de question d'y accéder par l'extérieur, Blade n'avait pas d'autre solution que de passer la porte.

Il posa sans bruit sa hache contre le mur, vérifia que personne n'approchait puis colla l'oreille contre le panneau de bois décoré à hauteur d'homme d'un seul signe représentant un œil ouvert entouré d'un cercle. Sans doute une variante symbolique pour désigner la connaissance. Blade n'entendit rien. Par précaution, il attendit encore un peu puis enfonça doucement de la main gauche la clé dans la serrure. De la droite, il empoigna fermement le manche de la hache.

Il tourna la clé. Le passe-partout ne rencontra aucun obstacle majeur et la serrure joua presque tout de suite. « C'est presque trop beau pour être vrai », songea Blade en levant sa hache. Cellach devait certainement avoir un antivol fabrication maison...

Lorsqu'il fut certain que la serrure était complètement débloquée, il poussa doucement la porte du pied sans s'avancer mais prêt à frapper au premier signe de danger. Un rayon de lumière matinal toucha la lame de la hache.

— Entre donc, Richard Blade, fit soudain la voix rauque de Cellach. J'attendais ta visite, vois-tu...

La surprise figea Blade l'espace de quelques battements de cœur. Il se reprit et entra à pas lents dans la pièce, la hache rabaissée mais toujours prête à servir. Cellach l'attendait, assis dans un fauteuil aux bras terminés par des sortes de têtes de gargouilles. Pour une fois, un vague sourire s'accrochait aux lèvres du devin. Un sourire si faux qu'il en était sinistre.

La pièce était encombrée d'un fouillis de

parchemins, de statuettes, d'amulettes et d'appareils divers en bois, verre et ivoire, qui se répandaient partout, y compris sur les tables. Au fond, disposés sur une paillasse de chimiste primitive s'alignaient des cornues et des récipients remplis de divers liquides colorés. Un filet de fumée jaune s'élevait d'un gros tube de verre et son odeur âcre se mêlait aux senteurs d'encens dispensées par trois diffuseurs pendus au plafond. Le tout était éclairé par le soleil du matin dont les rayons bleutés illuminaient les vitraux des fenêtres, faisant danser des reflets dans le miroir ovale enchâssé dans une plaque d'ivoire et qui se dressait sur une petite table près du fauteuil de Cellach.

Derrière Blade, la porte se referma toute seule. Il se retourna brusquement mais ne vit personne.

— Mes domestiques ne sont pas de la même nature que ceux du palais, dit Cellach. Que me veux-tu, Richard Blade ? Après ce qui t'est arrivé à Dansk, j'aurais pensé que tu serais plutôt allé demander des comptes à notre ami Jell...

Blade s'avança lentement vers le devin, tous les sens aux aguets dans cette atmosphère lourde de menace. Il stoppa juste devant Cellach et scruta le visage ridé au regard dépourvu de toute bienveillance. Même la moustache du vieil homme ressemblait à une fourche du diable.

— C'était ce que j'étais venu faire mais je suis arrivé trop tard. Jell est mort et tu le sais aussi bien que moi.

Cellach feignit la surprise mais Blade ne fut pas dupe.

— Cesse de jouer avec moi, devin ! Tu sais parfaitement ce qui est arrivé à Jell. C'est toi qui l'as tué parce qu'il avait compris que Ripp, son agent, était à ta solde et que tu travailles, en fait, pour Kitaï. Je suppose que tu lui as envoyé un de tes... familiers.

— Familiers, hein ? Je constate que tu es au courant de certaines choses... Peut-être de beaucoup trop de choses, en fin de compte, ajouta-t-il avec un regard oblique vers la hache imposante.

Blade leva l'arme et la brandit en direction du devin. Immédiatement, il y eut des mouvements dans l'air, comme si des êtres invisibles s'apprêtaient à lui sauter dessus pour protéger leur maître. Cellach fit un petit signe de sa main maigre et les mouvements cessèrent sur-le-champ.

— Je te conseille d'éviter ce genre de geste, Richard Blade. La prochaine fois je ne pourrai peut-être pas stopper mes familiers à temps.

— Inutile de tourner autour du pot, devin, je suis venu pour te faire rendre gorge et ce ne sont pas tes démons de second ordre qui m'en empêcheront !

— Tu dis ça parce que tu as réussi à arracher cette hache à l'une des créatures qui ont défait ton armée devant Dansk.

— Je te trouve bien renseigné, devin.

— Les rapports concernant la déroute du général Gost font état de hordes de soldats de fer immortels. A voir cette hache entièrement métallique, chose impensable en ce monde, j'en ai déduit que tu as fait la même mauvaise rencontre...

— L'affaire de Dansk était un piège monté par Kitaï et toi, répliqua Blade d'une voix glacée. Vous vous êtes servis de l'agent de Jell pour me faire aller là-bas avec le meilleur de l'armée loyaliste et vous n'avez pas hésité à sacrifier une partie de vos forces dans une attaque suicidaire pour nous attirer dans la vallée s'ouvrant de l'autre côté du fleuve. Les soldats de Kitaï n'étaient pas au courant, sinon les survivants n'auraient pas été si horrifiés de voir surgir ces monstres de métal.

— Quelle imagination...

— Ce que le prince félon et toi n'aviez pas prévu, poursuivit Blade sans tenir compte de l'interruption, c'est que j'arriverais à me tirer en grande partie d'affaire. Mieux, j'ai même réussi à savoir ce qu'il y avait dans ces cuirasses. Des momies... Des morts-vivants qui se gavent du fluide vital de leurs victimes. Je sais, j'ai vu les corps se recroqueviller et noircir. Mais j'ai trouvé aussi deux ou trois de leurs petits points faibles, comme leur horreur de l'eau et du feu. Après tout ce ne sont pas des momies pour rien...

Cette fois, Cellach cessa de sourire et Blade se dit qu'il avait fini par faire mouche et qu'il était temps d'enfoncer le clou.

— Et je sais que c'est toi qui es derrière tout ça. La reine que tu as trompée ne tarit pas d'éloges sur tes talents de magicien. Et les D'jers, là-dedans ? Sheann m'a dit que tu y croyais dur comme fer et que tu pensais que c'était eux qui avaient tué les animaux monstrueux qui menaçaient vos ancêtres contre quasiment toutes les réserves de métal de ce monde !

Cellach se redressa dans son fauteuil de bois sculpté. Blade crut voir bouger les têtes de gargouilles et mit cela sur le compte de la tension nerveuse qui l'habitait.

— Oui, j'y crois ! J'ai passé une bonne partie de ma vie à réunir toutes les preuves possibles de l'existence des D'jers et, maintenant, je suis sûr de ce que j'avance à leur sujet !

Blade eut un petit ricanement et affermit encore sa prise sur le manche métallique de sa hache.

— Tellement sûr que tu es entré en contact avec eux. Ou avec l'un d'eux. Les armures de fer trahissent leur origine sur un monde qui n'a plus de métal. Mais aussi une certaine faiblesse: comment imaginer que des démons aussi puissants aient recouru à un moyen finalement aussi faible? Des momies engoncées dans des armures, incapables de traverser un fleuve? Peut-être seraient-elles aussi incapables de supporter une bonne pluie...

Blade se tut. Ses pensées tourbillonnaient dans sa tête et le puzzle se mettait en place dans son esprit. Tout était simple, si simple...

— Tu n'as traité qu'avec un des D'jers, devin. Il y a des milliers d'années, ils avaient pris énormément de vies contre énormément de métal. Aujourd'hui, l'un d'eux t'a revendu une certaine quantité de métal contre toutes les âmes que pourraient faucher les morts-vivants livrés en prime pour mouvoir les armures. Tu aurais bien voulu que ces fichus démons mettent le paquet pour liquider les troupes loyalistes mais le prix à payer devait être trop cher, même pour un fou comme Kitaï!

Cellach se leva, le visage décomposé.

— Cette fois tu es allé trop loin, Richard Blade!

Blade resta de marbre.

— Je vais te tuer, Cellach. A cause de toi plus d'un millier d'hommes que j'ai conduits au combat ne connaîtront jamais le repos de l'âme et ça, je ne te le pardonnerai jamais...

Le devin se ressaisit et afficha un rictus cruel.

— Me tuer? Quel orgueil! Mais je dois aussi l'avouer, quelle perspicacité!

Comme d'innombrables criminels sur d'innombrables mondes, Cellach ne pouvait plus s'empêcher de se vanter car il pensait être sûr de leur coup. Il fit quelques pas et s'arrêta devant son miroir comme pour admirer son visage ascétique.

— Le seul point qui t'a échappé, Richard Blade, c'est que Kitaï n'est qu'une marionnette entre mes mains. Sa sœur a toujours eu beaucoup trop de personnalité pour que je ne le préfère pas à elle. Kitaï est un faible et un matamore qui croit que de gros muscles peuvent tout résoudre dans l'existence. Je n'ai donc eu aucun mal à le manipuler depuis son adolescence. Par exemple, c'est moi qui lui ai suggéré d'envoyer des troupes à Dansk...

« Voilà qui explique la stupéfaction des rebelles en voyant surgir les soldats de fer du néant », songea Blade. Eux aussi avaient été envoyés volontairement à la mort.

— Et maintenant, cela va être ton tour de quitter le monde des vivants, ajouta Cellach en faisant une rapide passe de la main.

Instinctivement, Blade sauta en arrière en relevant sa hache.

— Tu vas faire connaissance avec le D'jers qui a été plus compréhensif que ses compagnons. Taur-Kas, à moi !

Il y eut divers mouvements dans l'air autour de Blade comme si les familiers invisibles de Cellach s'enfuyaient à l'autre bout de la pièce. Blade nota ce détail en une fraction de seconde. Cela signifiait-il que la hache volée à d'autres formes diaboliques mineures était suffisante pour les mettre en déroute.

Il y eut un bruissement furtif. Une portion de l'air se brouilla, changea de couleur. Et Taur-Kas apparut.

Blade se figea, le souffle coupé. Cellach lui-même fit quelques pas en arrière pour s'abriter dérisoirement derrière son fauteuil.

Le démon était si grand qu'il touchait presque le plafond. On aurait dit un mélange de crustacé géant et de quelques caractéristiques humanoïdes sorti tout droit d'un rêve lovecraftien. Ses antennes annelées se braquèrent droit sur Blade et celui-ci découvrit alors les yeux dorés accrochés à leur extrémité et qui semblaient darder sur lui un regard malsain.

— Tue cet homme! jeta Cellach. C'est notre pire ennemi!

La monstruosité surgie du néant s'avança légèrement et les rayons du soleil firent luirent les reflets vénéneux de sa cuirasse. Blade leva sa hache et s'apprêta à frapper.

Soudain, le D'jers s'arrêta et parla d'une voix crissante paraissant surgir de tout son corps.

— Tu n'es pas de ce monde!

Blade resta interdit.

— *Tu n'es pas de ce monde!* répéta le démon en reculant légèrement.

— Comment ça, pas de ce monde? s'écria Cellach.

Le démon émit un son bizarre puis se retourna vers le devin.

— Ce mortel n'appartient pas à cet univers et je ne peux rien contre lui. Il est l'envoyé d'une puissance contre laquelle je ne peux pas lutter et seuls d'autres mortels peuvent disposer de sa vie... N'oublie pas les termes de notre pacte, devin!

Les contours du démon devinrent subitement flous et la forme se dilua dans l'air avec un bruissement de feuilles mortes. Blade eut une brève pensée pour Lord Leighton et ses ordinateurs qui avaient désorienté le D'jers par-delà les univers parallèles et pour une raison inconnue.

La disparition de Taur-Kas laissa Cellach tétanisé. Blade se ressaisit immédiatement et s'avança vers le devin, la hache prête à frapper.

A cet instant-là, la porte de l'appartement s'ouvrit à la volée et un groupe de soldats conduits par la reine en personne se rua à l'intérieur pour se saisir de Cellach avant que Blade ne l'ait réduit en charpie.

CHAPITRE XVIII

— C'est ton domestique qui est venu m'avertir, dit Sheann. Il se faisait un sang d'encre pour toi.

Blade jeta la hache sur un fauteuil et se frotta un œil.

— Qu'allez-vous faire de Cellach? demanda-t-il en se retournant vers la jeune femme. Bon sang, pourquoi m'avez-vous empêché de le tuer!

— Parce que je lui réserve une mort beaucoup plus à la mesure de ses crimes qu'un simple coup de hache dans la tête. Mais nous verrons ça plus tard. Pour l'instant, il faut essayer de rétablir la situation!

— Et comment êtes-vous devenue aussi sûre de sa culpabilité? Quand je vous ai quitté, vous étiez prête à dépecer le cadavre de ce malheureux Jell...

Sheann s'approcha de lui et lui caressa le visage.

— Par Khrest, tu me prends pour une idiote, ou quoi, Richard Blade? Après ton départ, j'ai réfléchi au peu que tu m'as dit et lorsque ton domestique est venu ramper à mes pieds en me racontant que tu étais chez Cellach avec cette hache venue de je ne sais où, j'ai compris ce qui se passait.

Blade se détourna et alla s'asseoir. Il s'apprêtait à parler lorsque des coups furent frappés à la porte.

Un des soldats de garde annonça qu'un homme désirait lui parler. Sheann lui ordonna de le laisser entrer sur-le-champ.

C'était un officier de l'armée laissée à Dansk. Il avait l'air épuisé par une longue course et son uniforme de cuir était couvert de poussière. Blade le reconnut tout de suite sans pour autant être en mesure de mettre un nom sur son visage.

— Commandant, fit l'homme, en inclinant brièvement la tête, je m'appelle Larkos et je suis envoyé par votre ami Thass pour vous dire que les horreurs qui nous ont attaqués dans la vallée ont disparu d'un coup avant-hier, un peu après votre départ...

Blade se prit la tête dans les mains pour réfléchir. Il se redressa quelques secondes plus tard et fixa Sheann.

— Il me faut la carte du royaume que nous avons étudiée l'autre jour avec Gost ! Et donnez de quoi se restaurer à cet homme, voulez-vous ?

La reine acquiesça et appela ses gardes. Quelques minutes plus tard, le montage de parchemins était déroulé sur la table.

— Où les dernières informations situent-elles l'avance de l'ennemi ? demanda-t-il à Sheann.

La reine d'Eldran réfléchit puis désigna une zone située à la frontière sud de la province de Gandahr.

— Bon, avec le décalage, on peut estimer qu'ils ont encore bien avancé. Il n'y a vraiment plus un instant à perdre !

— Que comptes-tu faire ? s'enquit Sheann avec une touche d'inquiétude dans sa voix chaude.

— Il faut se débarrasser d'un coup de tous les soldats de fer que Cellach a obtenus de son démon. il est probable qu'ils sont maintenant tous regroupés pour l'assaut final.

Blade s'interrompit et scruta la carte. Il s'aperçut que la vallée en face de Dansk ouvrait une voie de pénétration rapide dans la province de Gandahr, qui pourrait permettre à ses chars et à ses cavaliers restants de rejoindre assez vite l'arrière des lignes ennemies.

Restait à trouver l'endroit où attaquer.

— Y a-t-il entre Gandahr et Jondra une région propice aux incendies? demanda-t-il subitement à Sheann.

La reine le regarda sans comprendre.

— Il y a une forêt de résineux qui s'étend de là à là, à la lisière des grandes terres cultivées du sud, répondit-elle enfin en montrant une zone sur la carte. Je comptais d'ailleurs les faire abattre pour les remplacer par des plantations...

Blade hocha la tête et demanda encore d'autres renseignements sur le type de végétation avoisinant la zone concernée, une bande irrégulière d'une cinquantaine de kilomètres de long sur une moyenne de vingt de large. Des hauteurs aux alentours rendaient ce passage quasi obligatoire pour aller rapidement vers le sud du pays.

— Je crois que je vais donner un coup de pouce à votre projet, dit-il en sentant revenir l'espoir en lui.

***

Un messager était reparti moins de deux heures plus tard pour expliquer à Thass la manœuvre à opérer dans les plus brefs délais: retraverser le Vangpo avec le maximum de chars et de cavaliers, s'engager dans la vallée et s'enfoncer le plus rapidement possible au cœur de la province de Gandahr avant de piquer vers le sud, sur les talons de l'armée des hommes de fer et des forces de Kitaï qui devaient l'accompagner. Et une fois que tout ce beau monde serait en train de traverser la forêt, le capitaine de *La Perle des Mers* n'aurait plus qu'à attendre un certain signal de Blade pour intervenir suivant le plan accompagnant le message.

Une fois le courrier parti, Blade s'enquit du nombre d'arbalètes montées sur chars qui avaient pu être construites durant son absence. Il fronça les sourcils en apprenant qu'il n'y en avait pas plus de cinquante. Mais il était trop tard pour secouer les artisans de Jondra qui étaient aussi encroûtés par la paix que les soldats et il se résolut à faire avec ce qu'il avait.

Puis, regroupant une force quelque peu hétéroclite de soldats, de réservistes et de marins pour servir les arbalètes, il partit à la rencontre des restes de l'armée de Gost avec la ferme intention de les obliger, y compris par la contrainte, à rejoindre ses troupes et à rebrousser chemin. Dans son plan, seuls les chars comptaient vraiment et les fantassins et autres cavaliers ne seraient là que pour achever le travail. En revanche, si jamais l'opération tournait mal, ils feraient sans doute les frais de la défaite. C'était un risque à prendre, mais il préférait ne pas y penser...

L'affaire se fit finalement sans trop de mal. A un peu plus d'une journée de marche de Jondra, après avoir récupéré nombre de militaires en fuite, ils croisèrent le premier groupe important de soldats, un demi-millier d'hommes fatigués et encore terrorisés par le souvenir de ce qu'ils avaient vécu. La vue de Blade leur remit un peu de baume au cœur mais ce fut seulement lorsque celui-ci leur brandit la grosse hache de métal prise à l'ennemi de fer qu'ils comprirent que tout n'était pas perdu.

Quand il arriva en vue de la forêt composée en grande partie d'une variété locale de pins, Blade apprit avec soulagement, grâce à ses éclaireurs, que les forces ennemies se trouvaient à la lisière opposée et qu'elles s'apprêtaient à y pénétrer. Il ne restait plus qu'à espérer que les soldats de fer qui l'avaient attaqué à Dansk avaient rejoint ceux qui avaient décimé l'armée du général Gost.

Un peu plus tard, un homme arriva au camp avec un message de Thass disant que le capitaine avait rempli son contrat et qu'il se trouvait en vue des arrières de l'ennemi et que celui-ci semblait se moquer complètement de sa présence et du déploiement de ses chars le long de la frontière forestière.

« Voilà ce que c'est que d'avoir trop confiance en soi... », se dit Blade avec un sourire carnassier.

Il remercia aussi le ciel d'être arrivé à temps et ordonna à ses chars de s'égailler à raison d'un véhicule tout les kilomètres le long de la lisière fluctuante de la forêt. Puis il attendit que ses éclaireurs lui signalent l'entrée complète de l'armée démoniaque de Cellach dans la forêt.

Un peu moins de deux heures plus tard, un cavalier surgit au galop entre les arbres et sauta à terre pour courir vers lui.

— Commandant! s'écria-t-il. Ça y est, ils ont maintenant tous pénétré sous les arbres!

Blade inspira profondément puis appela deux pelotons de cavaliers qui attendaient, prêts à intervenir.

— Allez dire à tous les chars qu'ils commencent à mettre le feu à cette fichue forêt!

Quelques instants après, les premières arbalètes expédièrent leurs projectiles enflammés dans les branches des arbres. Le soleil bleu de plomb avait, depuis des mois, tellement desséché la végétation que les pins prirent feu comme des allumettes. De la fumée commença à s'élever le long de la lisière et ce, de plus en plus loin du campement de fortune où les hommes attendaient avec inquiétude la suite des événements en sachant bien qu'ils n'auraient pas de deuxième chance.

Au bout d'un long moment, Blade se dit que Thass devait maintenant apercevoir les colonnes de fumée sombre qui se détachaient dans le ciel bleu électrique. C'était le signal que Blade lui avait dit d'attendre avant de mettre à son tour le feu à son côté de la forêt. L'absence totale de vent allait encore leur faciliter les choses en ne contrariant pas l'avance des deux fronts de feu l'un vers l'autre.

Si tout se passait bien, les légions de morts-vivants caparaçonnés n'allaient pas tarder à retrouver l'enfer dont les avait tirés le D'jers pour le compte de l'ignoble Cellach...

CHAPITRE XIX

— Par Khrest, l'ami, je n'ai jamais vu quelque chose d'aussi horrible..., répéta une fois de plus Thass.

Les deux hommes, accompagnés par toutes leurs troupes, se trouvaient au cœur de ce qui avait été une forêt superbe. Le feu couvait encore par endroits et les grands arbres, réduits à des carcasses noircies, semblaient pointer un doigt accusateur vers le ciel. L'incendie avait fait rage pendant une demi-journée et les deux armées avaient dû encore attendre des heures avant de pouvoir s'engager dans les restes de la forêt.

Par bonheur, l'absence de vent avait évité que le feu ne se propage trop aux hauteurs avoisinantes et celles-ci ne souffraient que de grands coups de langue noire sur leurs flancs les plus exposés.

Blade savait que Thass ne parlait pas des

dégâts causés par l'incendie mais des carcasses noircies et des corps calcinés qui gisaient partout autour d'eux. Seuls quelques dizaines de rebelles avaient, par miracle, réussi à échapper aux flammes. L'odeur était épouvantable et provoquait des vomissements chez nombre de soldats.

L'agencement des corps entre les troncs brûlés donnait une bonne idée de leur comportement face à la mort. Les soldats de fer avaient continué à avancer en ligne droite jusqu'à la mort, comme si rien n'avait pu les détourner de leur objectif, et étaient tombés sur place dès que le feu avait dévoré les corps momifiés qui se trouvaient à l'intérieur des armures. Les rebelles, eux, avaient essayé de fuir dans toutes les directions avant de mourir asphyxiés et la plupart des cadavres calcinés se trouvaient éparpillés loin du noyau de l'armée. Par acquit de conscience, Blade avait fait chercher le corps de Kitaï mais ses hommes n'avaient rien trouvé qui puisse ressembler, ne serait-ce que vaguement, au cadavre du prince félon.

Blade donna un coup de pied dans une des armures remplie de cendres.

— A défaut d'autre chose, toute cette ferraille va remplir les caisses de Sheann..., grommela-t-il. Je te charge de rassembler les armures et de les faire garder. Dis aux hommes que tous ceux qui se sont battus auront droit à une bille de métal dès que l'ensemble aura été fondu. Même chose pour les familles de ceux qui sont morts...

— La reine va tiquer devant tant de largesses, l'ami, fit remarquer Thass.

— Elle tiquera tant qu'elle voudra. Dis-leur qu'ils ont ma parole d'honneur, compris?

Le capitaine acquiesça et appela les soldats qui erraient, l'air écœuré, au milieu des cendres.

— Mais commence par les cadavres des rebelles, reprit Blade. Il faut les mettre au plus vite dans des fosses communes avant que la chaleur n'ait rendu l'odeur réellement insupportable et que des épidémies se développent.

*
**

Kitaï ne se trouvait effectivement pas parmi les rebelles grillés vifs. Il fut capturé trois jours plus tard, vers la frontière est de la province de Gandahr alors qu'il tentait de s'enfuir vers l'Alliance d'Arga. Blade eut tout le mal du monde à empêcher ses soldats de lyncher le prince félon et Kitaï se retrouva enchaîné comme un fauve dans une cage posée sur un chariot. Dans la défaite le prince avait perdu toute sa superbe et affichait une expression hagarde sous les insultes et les crachats de la population qui bordait la route menant à Jondra.

— Je vais le faire décapiter en place publique! s'exclama Sheann. Et il a de la chance d'être mon frère car sinon je l'aurais fait castrer et écarteler vivant!

Blade se mit sur le coude et caressa la poitrine frémissante de rage de la jeune femme. Le grand lit semblait une succursale du paradis après ce qu'il avait vécu ces derniers jours. Il attendit que Sheann se soit un peu calmée pour l'embrasser et contre-attaquer.

— A mon avis, ce n'est pas une bonne idée. Premièrement parce que Kitaï n'a été qu'un jouet entre les mains de Cellach, ce qui atténue sa responsabilité dans cette tragique affaire. Et deuxièmement parce qu'il n'est pas très politique pour un souverain de faire tuer des membres de sa famille, à plus forte raison, un prince héritier. Il y aura toujours quelqu'un pour vous traiter un jour d'assassin pour essayer de vous renverser.

Sheann inspira profondément et ses seins pointèrent vers le plafond.

— Et tu proposes quoi? Que je lui pardonne tout et que j'attende tranquillement le poignard ou le poison d'un de ses tueurs ?

— Non, répondit Blade. Je vous propose de le déchoir publiquement de tous ses privilèges et droits à la couronne puis de l'exiler avec juste assez d'argent pour tenir quelques semaines. Croyez-moi, dans ce genre d'histoire, il vaut toujours mieux faire des parias que des martyrs...

La reine réfléchit un instant avant d'acquiescer d'un bref hochement de la tête.

— Décidément, tu es un homme aussi brave qu'avisé, Richard Blade. Et un amant particulièrement doué, ajouta-t-elle en venant coller son ventre nu contre le sien. J'ai décidé de faire de toi mon époux et de te garder auprès de moi pour toujours.

Troublé, Blade posa la main sur la peau satinée de Sheann. Il demeura longtemps silencieux.

— Dieu sait ce que nous réserve l'avenir, dit-il enfin d'une voix très douce. Je peux disparaître de votre existence dans une heure ou dans un an. Personne, et moi encore moins que les autres, n'est maître de son destin...

Sheann se redressa sur un coude, les sourcils légèrement froncés.

— Voilà des propos bien mystérieux... Je te préviens que si tu pars, je te ferai chercher jusqu'à l'autre bout du monde, y compris dans ce royaume d'Angleterre dont personne n'a jamais entendu parler mais que je finirai bien par trouver!

Blade la regarda attentivement et la trouva très belle. Depuis leur première rencontre elle s'était transformée, perdant ce qu'elle avait de trop dur, de trop égoïste.

— Le jour où je disparaîtrai, nous n'y pourons rien, ni vous, ni moi. Car mon pays se cache dans une contrée très lointaine. Mais je suis sûr qu'Eldran recèle de nombreux jeunes gens beaux, forts et intelligents qui pourraient faire d'excellents princes consorts... En attendant, nous pourrions peut-être profiter de l'instant présent, murmura-t-il en posant ses lèvres sur celles, gourmandes, de la jeune reine.

***

Le même jour, après avoir fait un plantureux repas avec Thass et Sheann, resplendissante dans sa robe vert émeraude, pour fêter l'accession du capitaine au rang de chef de la marine de guerre d'Eldran, Blade décida d'aller rendre visite à Cellach dans son cachot. Le devin n'aurait pas droit à la même clémence que Kitaï...

L'estrade du bourreau se dressait déjà sur

la plus grande place de la Cité d'Ivoire en vue d'un supplice public qui promettait d'être long à défaut d'être raffiné.

Blade demanda à ce qu'on le laisse seul et s'engagea dans le couloir humide menant au cachot spécial dont avait bénéficié Cellach. La lourde porte se referma derrière lui. Au bout de quelques instants, il arriva en face des barreaux d'ivoire enfermant le prisonnier probablement le plus haï du royaume.

Le devin avait perdu toute sa morgue et était recroquevillé dans un coin de la cellule exiguë. Maintenant, ce n'était plus qu'un vieillard terrorisé. Il eut un sursaut en voyant apparaître Blade.

— Toi! Tu viens me narguer, hein? croassa-t-il.

Blade secoua la tête. Si ce vieux fou n'avait pas tant d'horreurs sur la conscience, il aurait presque eu pitié de lui.

— Je tenais à te voir une dernière fois avant ton exécution...

Cellach fit une moue méprisante et cracha par terre.

— Mes geôliers m'ont appris que Kitaï avait sauvé sa tête alors que je vais mourir sous la torture du bourreau! Et pourtant, c'est bien lui qui s'est révolté contre sa sœur, non?

— C'est moi qui ai sauvé la tête du prince, répondit Blade. Il en aurait peut-être été autrement si tu ne t'étais pas stupidement vanté de l'avoir manipulé depuis son adolescence... Après ton supplice, il sera déchu sur la place publique puis exilé sans argent.

Cellach alla s'asseoir sur l'unique tabouret de la cellule. Il leva les yeux vers Blade.

— Je crois que tu es aussi une sorte de démon dans ton genre, Richard Blade. Sans toi, je serais en ce moment le maître de ce pays derrière ce fantoche belliqueux de Kitaï. Si seulement Taur-Kas m'avait donné plus de moyens! Et pourquoi a-t-il refusé de te détruire, hein?

Blade frissonna rétrospectivement en se souvenant du D'jers monstrueux aux yeux pédonculés et inhumains.

— Tu aurais dû savoir que les démons sont des personnages souvent fantasques, y compris dans l'horreur, et à qui il faut accorder une confiance limitée. En fait, je suis persuadé qu'il aurait pu me tuer mais il a découvert quelque chose à mon sujet qui a dû l'amuser et a décidé de laisser se poursuivre la partie en cours.

— Tu veux dire que tu viens vraiment d'un autre monde? jeta Cellach en se levant brusquement. C'est vrai que ça expliquerait bien des choses!

Blade ne répondit rien mais son silence fut éloquent.

— Il y a un détail que j'aimerais encore éclaircir, dit soudain Blade. J'ai de toute évidence mis un terme à la tuerie organisée par les soldats de fer avant que ceux-ci aient fauché, disons pour simplifier les choses, le nombre d'âmes qu'attendait Taur-Kas en paiement pour le service qu'il t'avait rendu. Et, par expérience, je sais que les démons ont la main lourde contre ceux qui ne respectent pas un pacte.

Les yeux de Cellach s'écarquillèrent légèrement.

— Par expérience, dis-tu... Enfin, passons, je n'ai plus ni le temps ni la force de m'étonner. Oui, je sais que Taur-Kas va vouloir me tuer et j'espère seulement qu'il le fera avant le bourreau. Il a des méthodes plus expéditives...

Blade allait lui répondre que ce n'était pas forcément vrai lorsqu'un souffle d'air froid traversa le cachot. Blade entendit distinctement le bruit mat de la serrure d'ivoire en train de se mettre toute seule en place. Des coups furent frappés contre la porte. Blade recula légèrement. Il n'avait qu'un poignard sur lui.

— Reste où tu es, Richard Blade, intima la

voix crissante bien reconnaissable et qui semblait surgir directement de l'invisible. Tu m'as beaucoup diverti par ta ruse et ton courage et j'ai eu raison de te laisser la vie sauve lors de notre première rencontre. Mais je sens que tu vas bientôt nous quitter pour retrouver ton maître tapi sous une forteresse dans ton monde. Dommage, tu me plaisais bien... Adieu! Et maintenant, ajouta la voix en se faisant encore plus menaçante, je vais faire regretter à ce mortel stupide de ne pas passer entre les mains du bourreau.

Cellach finit par retrouver assez de force pour crier:

– *Non!*

L'air se brouilla mais Taur-Kas n'apparut pas pour autant. Des mains invisibles se saisirent du devin et lui arrachèrent ses vêtements. Ensuite, méthodiquement, elles entreprirent de le dépecer vivant sous les yeux de Blade. Elles lui arrachèrent tout d'abord le sexe et les testicules, puis les yeux, la langue, les lèvres, le nez et les oreilles. Le visage de Cellach se métamorphosa en un masque sanglant d'où sortaient des bouts d'os blanchâtres. Des cris inarticulés et noyés dans un flot de sang jaillirent de la bouche déchiquetée.

Blade détourna la tête lorsque des portions

de peau commencèrent à se détacher comme par enchantement du corps martyrisé. Il inspira profondément et se dirigea vers la porte contre laquelle les geôliers s'acharnaient toujours. Un rire crissant éclata dans son dos au moment où il posait la main sur le bois.

— Taur-Kas, ouvre-moi cette porte, dit-il sans se retourner et en s'efforçant de ne pas entendre les cris inarticulés de douleur et de terreur poussés par Cellach.

— Trop tard, mortel, répondit le démon. Ton maître t'appelle!

Au même instant, une douleur fulgurante traversa le crâne de Blade, qui tomba à genoux. Il essaya de se relever mais une deuxième vague l'assaillit, puis une troisième, cette fois plus rapprochée.

Blade se cramponna à la porte pensant déséspérement à Sheann. Il n'avait absolument pas envie de la quitter maintenant, sans la revoir au moins une fois.

Mais, loin de là, à l'autre bout de l'infini, les ordinateurs de la Tour de Londres attaquèrent une fois de plus et il se sentit happé dans un vide noir.

La dernière chose qu'il entendit fut un éclat de rire sardonique du démon.

CHAPITRE XX

— Décidément, ces univers parallèles sont vraiment remplis de surprises, dit J en levant son verre à la santé de Blade. En dépit de vos excellentes descriptions, mon cher, j'ai le plus grand mal à imaginer que des être tels que votre... Taur-Kas, puissent exister.

Blade trempa ses lèvres dans l'excellent whisky écossais. Un vrai breuvage des dieux...

— Pourtant, ce n'est pas lá première fois que j'en rencontre. Souvenez-vous de Bohrak, par exemple, l'être immatériel qui m'avait « intercepté » par trois fois pour aider Atlantis à se débarrasser des Chevaliers-Dragons[1] ? A côté, le D'jers n'est qu'une créature de second rang.

— Que je n'aimerais pas rencontrer pour autant, dit le vieux chef des Services Secrets.

1. Voir BLADE n° 41, 44 et 48.

Quand je pense au supplice qu'a enduré ce devin, j'en ai froid dans le dos.

Blade leva son verre et observa les effets de la lumière sur son contenu. Ses pensées s'envolèrent fugitivement vers la reine Sheann ; sa robe émeraude, son pendentif rubis, son monde au soleil bleu.

— Il est toujours très dangereux de faire appel à la sorcellerie pour régler ses problèmes, dit-il en secouant la tête. Tout le monde le sait mais ça n'empêche pas les apprentis sorciers de pulluler. Et quand je pense au sort qu'ont connu ceux qui se sont fait tuer par les soldats de fer, je trouve que Cellach n'a eu que ce qu'il méritait. La seule chose qui me tracasse c'est ce qu'ont dû penser les Eldrans après ma disparition dans la prison de Jondra. Et d'ici qu'ils m'aient attribué la paternité du carnage qu'ils ont sans doute découvert après avoir forcé la porte, il n'y a qu'un pas...

— Peut-être en ont-ils déduit que, vous aussi, vous étiez une sorte de démon, murmura J.

— C'est exactement ce que m'a dit Cellach avant de mourir. Quant à Taur-Kas, il a eu l'air d'insinuer que le vrai démon qui me manipulait dans tout ça se terrait sous la Tour de Londres...

J prit un air faussement stupéfait et reposa son verre.

— *By Jove*, mon ami, voulez-vous dire que cette aimable créature connaîtrait notre cher Lord Leighton ?

Achevé d'imprimer en octobre 1990
sur les presses de l'Imprimerie Bussière
à Saint-Amand (Cher)

— N° d'imp. 3120. —
Dépôt légal : novembre 1990.
Imprimé en France